FOLIO POLICIER

Jo Nesbø

Du sang sur la glace

Traduit du norvégien par Céline Romand-Monnier

Gallimard

Titre original :

BLOOD ON SNOW

Né en 1960, d'abord journaliste économique, musicien, auteur interprète et leader de l'un des groupes pop les plus célèbres de Norvège, Jo Nesbø a été propulsé sur la scène littéraire en 1997 avec *L'homme chauve-souris*, récompensé en 1998 par le Glass Key Prize attribué au meilleur roman policier nordique de l'année. Il a depuis confirmé son talent en poursuivant les enquêtes de Harry Hole, personnage sensible, parfois cynique, profondément blessé, toujours entier et incapable de plier. On lui doit notamment *Rouge-Gorge*, *Rue Sans-Souci* ou *Les cafards* initialement publiés par Gaïa Éditions, mais aussi *Le sauveur*, *Le bonhomme de neige*, bientôt adapté au cinéma par Martin Scorsese, *Le léopard* et *Fantôme*, tous parus en Folio Policier. *Du sang sur la glace* sera prochainement porté à l'écran avec Leonardo DiCaprio.

1

La neige dansait comme du coton dans la lumière du réverbère. Sans direction, sans savoir si elle voulait monter ou descendre, elle se laissait simplement guider par ce foutu vent glacial qui venait des grandes ténèbres du fjord d'Oslo. Ils tourbillonnaient ensemble, le vent et la neige, tournaient et tournaient sur les quais, dans le noir, entre les hangars fermés pour la nuit. Jusqu'à ce que le vent se lasse et laisse sa partenaire de danse tout contre le mur. Mur où la neige sèche, soufflée de part en part, s'était agrégée sous les chaussures de l'homme dans la poitrine et la gorge duquel je venais de tirer.

Le sang gouttait de son col de chemise. Maintenant, ce n'est pas comme si j'en savais tellement sur la neige – ni sur quoi que ce soit d'autre, d'ailleurs –, mais j'ai lu que les cristaux de neige qui se forment par grand froid sont différents de ceux de la neige mouillée, à gros grains ou croûtée. Que c'est la forme des cristaux et la sécheresse de la neige qui font que l'hémoglobine du sang conserve sa teinte rouge profond. Quoi qu'il en soit, la neige sous lui m'évoquait un manteau royal de pourpre et d'hermine, comme ceux des dessins du livre de contes populaires norvégiens que ma mère avait eu l'habitude de me lire. Elle aimait les contes et les rois. C'est sans doute pourquoi elle m'a donné le nom de l'un d'entre eux.

Aftenposten écrivait que si le froid continuait sur cette lancée jusqu'au Nouvel An, 1977 serait l'année la plus froide depuis la guerre, que nous nous en souviendrions comme du début de la nouvelle ère glaciaire que les chercheurs prédisaient maintenant depuis un certain temps. Enfin, j'en sais rien, moi. Tout ce que je savais, c'est que l'homme devant moi serait bientôt mort, ce tremblement du corps était sans équivoque. C'était l'un des hommes du Pêcheur. Cela n'avait rien de personnel. Et je le lui avais dit avant qu'il s'écroule, en laissant une trace de sang sur le mur en béton. Non que j'eusse pensé que cette information lui faciliterait les choses. Le jour où je me ferais moi-même abattre, j'aimerais autant que ce soit personnel. Et je ne le disais sans doute pas non plus pour éviter d'être poursuivi par son fantôme, je ne crois pas aux fantômes. C'est juste que je n'avais rien trouvé d'autre à dire. J'aurais bien entendu pu la boucler, c'est d'ailleurs ce que je fais d'habitude. Il avait donc dû y avoir quelque chose pour me rendre soudain bavard. Peut-être Noël qui serait fêté dans quelques jours. À l'approche des fêtes, nous autres humains cherchons à nous rassembler, paraît-il. Enfin, j'en sais rien, moi.

Je pensais que le sang gèlerait sur la neige et resterait en surface. Mais à la place, la neige le pompa, l'aspira en profondeur, le cacha, comme si elle en avait elle-même besoin. En regagnant mes pénates, je remarquai un bonhomme de neige émergeant de la congère, un aux veines à peine visibles sous le teint cadavérique de sa peau de glace. J'appelai Daniel Hoffmann d'une cabine téléphonique et lui annonçai que le travail était exécuté.

Hoffmann me répondit que c'était bien. Ne me posa, comme de coutume, aucune question. Ou il avait appris à me faire confiance au cours de ces quatre années où j'avais expédié pour lui, ou il ne *voulait* pas entendre. Le travail était accompli, pourquoi un homme comme lui serait-il allé se tracasser avec ces choses-là quand ce pour quoi il payait, c'était des tracas en moins ? Il me pria de venir au bureau le lendemain, précisant qu'il avait un nouveau travail pour moi.

« Nouveau travail ? demandai-je, sentant mon cœur faire un bond.

— Oui. Comme dans nouvelle mission.

— Ah, dans ce sens-là. »

Je raccrochai, soulagé. Car on ne peut guère m'employer à grand-chose d'autre que ce que je fais déjà.

Voici quatre boulots auxquels on ne peut pas m'employer. Conduire une voiture pour prendre la fuite. Je sais conduire vite, ce qui est une bonne chose. Mais je ne sais pas conduire de façon discrète. Or le conducteur d'une voiture qui cherche à disparaître doit savoir faire les deux. Il doit savoir conduire de façon à n'être qu'un véhicule de plus dans la circulation. Ma conduite n'étant pas suffisamment discrète, je nous ai fait échouer en prison, moi et deux autres. J'avais roulé comme un porc, combiné chemins de forêt et routes principales et semé nos poursuivants depuis longtemps, n'étais qu'à quelques kilomètres de la frontière suédoise. J'ai levé le pied, conduit aussi lentement et scrupuleusement qu'un pépé en promenade du dimanche. Et cependant nous avons été arrêtés par une patrouille de police. Ils allaient dire ensuite qu'ils ne s'étaient pas douté le moins du monde qu'il s'agissait de la voiture du braquage, et que je n'avais ni fait d'excès de vitesse ni enfreint le code de la route. Que c'était ma *façon* de conduire. En quoi, je ne sais pas, mais ils l'avaient décrétée suspecte.

On ne peut pas m'employer au braquage. J'ai lu que plus de la moitié des employés de banque exposés à un braquage souffraient ensuite de problèmes psychologiques, certains pour le restant de leurs jours. Moi, j'en sais rien, mais en tout cas, le vieillard qui était au guichet du bureau de poste quand nous sommes entrés a été très pressé d'en avoir, des problèmes psychologiques. Il est directement tombé par terre, parce que le canon de mon fusil pointait dans sa direction, semble-t-il. C'est dans le journal du lendemain que j'ai vu qu'il avait contracté des problèmes psychologiques. Un diagnostic rapide, mais quoi qu'il en soit, s'il est une chose qu'on ne veut pas avoir, c'est des problèmes psychologiques. Je lui ai donc rendu visite à l'hôpital. Naturellement, il ne m'a pas reconnu, je portais un masque de père Noël au bureau de poste. (Le déguisement parfait. Dans la rue, au plus intense de la ruée des fêtes, pas âme qui vive n'avait réagi au fait que trois gars en complet attirail de père Noël partaient en courant du bureau de poste avec des sacs.) Je suis resté à la porte de la chambre à observer le vieux, il était dans le lit du milieu, en train de lire *Klassekampen*, le journal communiste. Non que j'aie quelque chose contre les communistes en tant qu'individus. Enfin, si, j'ai quelque chose contre. Mais je ne *veux* pas avoir quelque chose contre eux en tant qu'individus, je pense juste qu'ils se trompent. C'est pourquoi j'ai eu un peu mauvaise conscience en m'apercevant que je me sentais beaucoup mieux parce que le gars lisait *Klassekampen*. Mais, c'est clair, il y a une différence entre un peu et beaucoup de mauvaise conscience. Et, comme je le disais, je me suis senti *beaucoup* mieux. Enfin, j'ai laissé tomber les braquages. Il se pouvait que le prochain ne soit *pas* communiste.

Et puis je ne peux pas travailler dans la drogue, c'est le numéro trois. Je n'y arrive pas, c'est tout. Non que je sois incapable de secouer les gens qui doivent de l'argent à mes patrons pour faire tomber les billets de leurs poches. Le junkie n'a qu'à s'en prendre à lui-même, et mon opinion est que les gens doivent payer pour leurs erreurs, tout simplement. Le problème est plutôt que je suis d'une nature faible et sensible, comme le disait ma mère. Elle devait s'identifier. Quoi qu'il en soit, je dois me tenir bien à l'écart de la drogue. Je suis – d'après elle – le type de personne qui ne fait que chercher quelque chose à quoi se soumettre. Une religion, un grand frère, un chef. Ou l'alcool et la drogue. De toute façon, je ne sais pas compter non plus, j'arrive à peine à compter jusqu'à dix sans perdre ma concentration. Dommage quand on veut être dealer ou recouvrer des dettes, cela va sans dire.

Bon. Dernière chose. La prostitution. Un peu pareil : ça ne me pose pas de problème que des filles gagnent de l'argent comme elles l'entendent et qu'un gars – moi, par exemple – touche un tiers de leurs revenus pour faire en sorte qu'elles puissent se concentrer sur leur artisanat. Un bon mac vaut chaque couronne qui lui est versée, je l'ai toujours pensé. Le problème, c'est que je tombe très vite amoureux, et j'en perds de vue les affaires. Et puis, amoureux ou pas, je n'arrive pas non plus à secouer, frapper ou menacer des filles. Un truc avec ma mère, peut-être, qu'en sais-je. C'est sans doute pourquoi je ne supporte pas non plus de voir d'autres gens frapper des filles. Ça me fait péter les plombs, c'est tout. Prenez Maria, par exemple. Boiteuse et sourde-muette. Je ne sais pas quel est le lien entre les deux, probablement aucun, mais c'est comme quand vous commencez à avoir des mauvaises cartes, elles ne font que continuer de venir. Tant qu'elle y était, Maria avait aussi pour petit copain un abruti de camé. Un gars avec un beau nom français qui devait treize mille couronnes à Hoffmann pour de la dope. Je l'ai vue pour la première fois quand Pine, le maquereau en chef de Hoffmann, m'a montré du doigt une fille en manteau cousu maison, aux cheveux relevés en chignon, comme tout droit sortie de la messe. Elle pleurait, assise sur les marches du Ridderhallen, et Pine m'a expliqué qu'elle devait travailler pour rembourser la dette de son jules. Je me suis dit que mieux valait commencer en douceur, avec juste des travaux manuels. Mais il ne s'était même pas écoulé dix secondes qu'elle bondissait hors de la première voiture dans laquelle elle était montée. Était là à brailler pendant que Pine lui beuglait dessus, croyant sans doute qu'elle l'entendrait si seulement le son était assez fort. C'était peut-être ça. Le beuglement. Et ce truc de ma mère. Toujours est-il que j'ai déjanté, donc même si, dans un sens, je comprenais les arguments que Pine essayait de lui enfoncer dans le cerveau à coups d'ondes sonores, j'ai fini par lui défoncer le buffet, à mon propre boss. Puis j'ai emmené Maria dans un appartement que je savais être à louer, et je suis allé trouver Hoffmann pour lui dire qu'on ne pouvait pas m'employer comme souteneur non plus.

Mais Hoffmann m'a répondu – et je n'avais d'ailleurs rien à y redire – qu'il ne pouvait pas laisser les gens échapper à leurs dettes, que ce genre de choses influaient vite sur la discipline de paiement d'autres clients plus importants. Sachant donc que Pine et Hoffmann en avaient après la fille qui avait été assez bête pour assumer la dette de son petit copain, j'ai cherché le Français jusqu'à ce que je le retrouve dans un appartement communautaire de Fagerborg. Il était aussi intoxiqué que fauché, et j'ai donc compris que je pouvais secouer tant que je voulais, je ne ferais pas tomber le moindre kopeck de ses poches. Je l'ai prévenu que s'il faisait ne serait-ce qu'approcher encore de Maria, je lui enfoncerais l'os du nez dans le cerveau. À vrai dire, je doute qu'il soit resté quoi que ce soit de l'un comme de l'autre. Puis je suis allé voir Hoffmann, lui ai dit que le petit copain était enfin tombé sur de l'argent et lui ai donné treize plaques, en ajoutant que je partais du principe que la saison de la chasse à la fille était ainsi fermée.

Je ne sais pas si Maria avait consommé pendant qu'elle sortait avec son type, si elle aussi était du genre à rechercher la soumission, mais elle avait en tout cas l'air clean maintenant. Travaillait dans une épicerie où j'allais parfois vérifier que tout se passait bien, que le petit copain toxico ne refaisait pas surface pour l'entraîner de nouveau au fond. Je veillais bien entendu à ce qu'elle ne me voie pas, me contentais de rester dehors dans le noir à regarder dans le magasin éclairé, la voyais à la caisse taper le prix des marchandises et pointer le doigt sur une autre caissière quand on lui parlait. Je suppose que nous avons tous parfois besoin de sentir que nous sommes à la hauteur de nos parents. Je ne vois pas du tout à la hauteur de quoi chez mon père j'aurais pu m'élever, mais sans doute s'agissait-il là de ma mère. Elle savait mieux prendre soin des autres que d'elle-même, et je le voyais sans doute comme une sorte d'idéal, à l'époque. Dieu seul le sait. De toute façon, je n'avais pas grand-chose à quoi dépenser l'argent que je gagnais chez Hoffmann. Quelle importance alors si je distribuais une carte acceptable à une fille qui avait obtenu une main si miteuse ?

Donc. En résumé, nous pouvons formuler les choses ainsi : je n'arrive pas à rouler lentement, je suis soft comme du beurre, je tombe bien trop facilement amoureux, je perds la tête quand je suis furieux, et je suis mauvais en maths. J'ai lu un ou deux trucs, mais j'en sais bien peu et en tout cas pas le genre de choses qui peuvent être utiles. Et j'écris plus lentement que ne se forme une stalactite.

Alors à quoi diable un homme comme Daniel Hoffmann pouvait-il employer un homme comme moi ?

La réponse est – comme vous l'aviez peut-être déjà déduit – expéditeur.

Je n'ai pas besoin de conduire, je tue essentiellement des gens du type hommes qui le méritent, et il n'y a aucun problème d'arithmétique complexe. Du moins, il n'y en avait pas eu jusqu'à ce jour.

Où les problèmes d'arithmétique étaient au nombre de deux.

Le premier, tout d'abord, un problème permanent : quand exactement en connaît-on assez sur son patron qu'il commence à s'inquiéter, qu'on sait qu'il commence à s'interroger sur l'opportunité d'expédier son expéditeur ? C'est comme la veuve noire, pas vrai ? Non que j'en sache long sur l'arachnologie ou je-ne-sais-quoi, mais ne se trouve-t-il pas que la veuve se laisse baiser par le mâle, qui est bien plus petit qu'elle ? Et que, quand il a fini et qu'elle n'a plus besoin de lui, elle le dévore ? Dans *Le Règne animal 4 : Insectes et arachnides* de la bibliothèque Deichman, il y a en tout cas une photo d'une veuve noire avec, pendant de son orifice génital, le pédipalpe sectionné du mâle, qui disons est la bite de l'araignée. On y voit aussi la marque rouge sang, en forme de sablier, que la femelle a sur le ventre. Car le sable s'écoule, espèce de pathétique petite araignée mâle en rut, et il faut connaître tes horaires de visite. Ou, plus exactement, l'heure à laquelle les visites se terminent. Et voir à te sortir de là fissa et te tirer, qu'il pleuve ou qu'il neige, avec deux balles dans le flanc ou pas, il ne te reste qu'à aller trouver la seule qui puisse te sauver.

C'était comme ça que je voyais la situation. Fais ce que tu as à faire, mais n'approche pas trop près.

Et c'est pourquoi la nouvelle mission que m'avait confiée Hoffmann me défrisait fortement.

Il voulait que j'expédie sa femme.

2

« Je veux que tu fasses en sorte que ça ait l'air d'un cambriolage, Olav.

— Pourquoi ?

— Parce qu'il faut que ça ait l'air d'autre chose que ce que c'est, Olav. La police s'indigne toujours quand des civils y passent. Fait du zèle dans son enquête. Et quand une femme qui a un amant est retrouvée morte, tout pointe vers le mari. Dans quatre-vingt-dix pour cent des cas, à juste titre, naturellement.

— Soixante-quatorze, sir.

— Pardon ?

— Juste une chose que j'ai lue, sir. »

Maintenant, aussi haut qu'ils puissent se situer dans la hiérarchie, nous n'avons pas coutume d'appeler les gens « sir » en Norvège. À l'exception de la famille royale, naturellement, à laquelle on s'adresse en disant Votre Altesse Royale. Ce que Daniel Hoffmann eût sans doute préféré. Le titre « sir » était une chose qu'il avait importée d'Angleterre, avec son mobilier en cuir, ses bibliothèques en acajou rouge et ses livres reliés de cuir aux pages jaunies non lues, sûrement des classiques anglais, qu'en sais-je, je ne reconnaissais que les habituels : Dickens, Brontë, Austen. Quoi qu'il en soit, les auteurs morts rendaient l'air de son bureau si sec que je recrachais de la cellulose réduite en poussière longtemps après mes visites. Je ne sais pas exactement ce qui dans l'Angleterre fascinait ainsi Hoffmann, mais je sais qu'il y avait effectué un bref séjour d'études et en était rentré avec une valise pleine de costumes en tweed, d'ambition et d'affectations de langage en anglais d'Oxford avec accent norvégien. Mais sans diplôme ni connaissances, à part que c'est l'argent qui décide. Et que si l'on veut réussir dans les affaires, il faut miser là où la concurrence est la plus faible. Ce qui à l'époque, à Oslo, était le marché des putes. Je crois bel et bien que son analyse avait été aussi simpliste. Et Daniel Hoffmann avait compris que dans un marché gouverné par des charlatans, des imbéciles et des amateurs, même une médiocrité pouvait devenir altesse royale. La question était juste de savoir si l'on avait la flexibilité morale requise pour, au quotidien, recruter des jeunes femmes et les envoyer dans la prostitution. Et après s'être tâté un peu, Daniel Hoffmann avait conclu qu'il l'avait. Quand, quelques années plus tard, il s'était étendu au marché de l'héroïne, il était déjà un homme se considérant lui-même comme une réussite. Et comme le marché de l'héroïne à Oslo avait jusqu'alors été gouverné par des gens qui non seulement étaient des charlatans, des imbéciles et des amateurs, mais en outre des camés, et qu'il s'avéra que Hoffmann avait aussi la flexibilité morale d'envoyer de jeunes gens dans l'enfer de la drogue, ce fut un nouveau succès. Son seul problème à présent était le Pêcheur. Le Pêcheur était un concurrent fraîchement arrivé sur le marché de l'héroïne et, semblait-il, il n'était malheureusement pas un imbécile. Dieu sait qu'il y avait à Oslo suffisamment de toxicomanie pour eux deux, et cependant chacun faisait de son mieux pour éradiquer l'autre de la surface de la terre. Pourquoi ? Ma foi. Je suppose qu'aucun d'eux n'était né avec mon talent pour la soumission. Et les choses deviennent bizarres quand de telles personnes, qui *doivent* gouverner, *doivent* avoir le trône, découvrent que leur femme les trompe. Je crois que les Daniel Hoffmann auraient une vie meilleure et plus simple s'ils étaient capables de fermer les yeux ou en tout cas de pardonner à leur femme d'avoir eu une liaison ou deux.

« J'avais prévu de prendre des vacances de Noël, remarquai-je. D'inviter quelqu'un et de partir pendant quelque temps.

— Voyager accompagné ? Je ne te savais pas de connaissances si intimes, Olav. Ça fait partie de ce qui me plaît chez toi, tu sais. Que tu n'aies personne à qui raconter des secrets. »

Il rit en tapotant la cendre de son cigare. Je n'en pris pas ombrage, cela partait d'un bon sentiment. Cohiba, était-il inscrit sur la bague. J'ai lu quelque part qu'au début du siècle le cigare était le cadeau de Noël le plus répandu du monde occidental. Aurait-ce semblé étrange ? Je ne savais même pas si elle fumait. Ne l'avais pas vue fumer au travail en tout cas.

« Je ne le lui ai pas encore proposé. Mais…

— Je te paie cinq fois tes honoraires habituels, déclara Hoffmann. Et puis tu pourras emmener la personne en question en vacances de Noël éternelles après si tu veux. »

J'essayai de calculer. Mais, comme je le disais, je suis nul.

« Voici l'adresse », conclut Hoffmann.

J'avais travaillé pour lui pendant quatre ans sans savoir où il habitait. Pourquoi l'aurais-je su ? Lui non plus ne savait pas où j'habitais. Je n'avais pas non plus rencontré sa nouvelle femme, j'avais juste entendu le clapet de Pine s'ouvrir sans discontinuer sur la chaude affaire qu'elle était, tout ce qu'il aurait pu engouffrer s'il avait eu quelques nanas comme ça sur le trottoir.

« Elle passe la majeure partie de ses journées seule à la maison, précisa Hoffmann. C'est en tout cas ce qu'elle me dit. Fais le travail de la façon que tu voudras, Olav. Je te fais confiance. Moins j'en sais, mieux c'est, *ec cetera*. Tu comprends ? »

J'acquiesçai. En pensant *et cetera*.

« Olav ?

— Oui, sir, je comprends.

— Bien, fit-il.

— Laissez-moi y réfléchir jusqu'à demain, sir. »

Hoffmann haussa l'un de ses sourcils soigneusement entretenus. Je n'en sais pas long sur l'évolution et ces machins-là, mais ne se trouve-t-il pas que Darwin estimait qu'il n'existait que six expressions universelles du visage pour traduire les sentiments humains ? Je ne saurais dire si Hoffmann possède six sentiments humains, mais je crois que ce qu'il souhaitait communiquer par ce sourcil haussé – contrairement à ce qui eût été le cas avec une bouche bée – était une surprise modérée mâtinée de réflexion et d'intelligence.

« Je viens de te donner les détails, Olav. Et maintenant – après – tu envisages de te *retirer* ? »

La menace était à peine audible. Non, d'ailleurs, l'eût-elle été, je ne l'aurais guère perçue, je suis en effet dépourvu de tout sens musical quand il s'agit d'entendre des dièses et des bémols dans ce que disent les gens. Nous pouvons donc partir du principe que la menace était assez claire. Daniel Hoffmann avait des yeux bleus, limpides, bordés de cils noirs au-dessus et en dessous. S'il avait été une fille, j'aurais cru à du maquillage. Je ne sais pas pourquoi j'en parle, c'est sans rapport avec l'affaire.

« Je n'ai pas eu le temps de répondre avant que vous me donniez les détails, sir. Vous aurez une réponse ce soir, ça vous va, sir ? »

Il me regarda. Souffla la fumée de son cigare dans ma direction. J'avais les mains sur les genoux. Frottai la visière de la casquette que je n'avais pas.

« Avant six heures, précisa-t-il. C'est l'heure à laquelle je quitte le bureau. »

Je fis un signe de tête.

Quand je repartis sous la neige pour rentrer chez moi, il était quatre heures et, après quelques heures d'aube, la nuit était retombée sur les rues de la ville. Le vent soufflait toujours, appels sifflés sans visages dans les boyaux noirs. Mais, comme je le disais, je ne crois pas aux fantômes. La neige se brisait sous les semelles de mes bottes, comme des pages de livre desséchées, tandis que je réfléchissais. D'ordinaire, j'essaie de m'en abstenir, ce n'est pas là une activité dans laquelle je vois un potentiel d'amélioration par la pratique, et, d'expérience, elle mène rarement à quoi que ce soit de bon. Mais j'étais revenu au premier des deux problèmes d'arithmétique. L'expédition en soi ne serait sans doute pas problématique. Vraisemblablement plus facile que les autres travaux que j'avais effectués. Et le fait qu'elle doive périr m'allait aussi ; comme je le disais, je considère que, quand ils font des erreurs, les gens – hommes ou femmes – doivent en tirer les conséquences. Ce qui m'inquiétait davantage était ce qui fatalement viendrait ensuite. Je serais le type qui avait expédié la femme de Daniel Hoffmann. Celui qui savait tout et avait le pouvoir de décider de la destinée de Daniel Hoffmann quand la police lancerait son enquête. Avait un pouvoir de décision sur un homme dépourvu de capacité de soumission. Et auquel Hoffmann devait cinq fois ses honoraires habituels. Pourquoi m'avait-il fait cette offre pour un travail d'une complexité inférieure à la moyenne ?

Je me sentais comme un gars qui est assis à une table de poker avec quatre mauvais perdants lourdement armés et naturellement suspicieux. Et on venait de me distribuer une main de quatre as. Parfois, les bonnes nouvelles sont si invraisemblablement bonnes qu'elles sont mauvaises.

OK, ici, un joueur de poker intelligent aurait sans doute jeté les cartes, assumé cette défaite surmontable en espérant avoir plus de chance – et une chance plus adéquate – au prochain tour. Mon problème était qu'il était trop tard pour se coucher. Que je m'en charge ou que ce soit quelqu'un d'autre, je saurais que Hoffmann se tenait derrière l'assassinat de sa propre épouse.

Je vis où m'avaient conduit mes pas. Je regardai avec insistance dans la lumière.

Elle avait les cheveux relevés en chignon, tout comme ma mère en avait eu l'habitude. Faisait des signes de tête et des sourires aux clients qui lui parlaient. La plupart d'entre eux devaient savoir qu'elle était sourde-muette. Lui disaient «joyeux Noël», «au revoir». Ces amabilités que se disent les gens normaux.

Cinq fois mes honoraires habituels. Vacances de Noël éternelles.

3

Le lendemain, je pris une chambre dans la pension de famille qui se trouvait juste en face de l'appartement de Hoffmann sur Bygdøy Allé. L'idée était d'observer pendant deux jours ce que sa femme fabriquait, de voir si elle allait quelque part pendant que son mari était au bureau, ou si elle recevait de la visite. Non que découvrir l'identité de son amant m'intéressât, mon objectif était exclusivement d'identifier le moment le plus judicieux, le moins risqué pour intervenir : quand elle serait seule chez elle et ne serait pas dérangée.

Il apparut que j'avais depuis ma chambre une vue parfaite, non seulement sur les allées et venues de Corina Hoffmann, mais encore sur ses faits et gestes dans l'appartement. Car, de toute évidence, ils se moquaient d'avoir des rideaux. Comme tant d'autres dans une ville où il n'y a pas de soleil à exclure, et où les gens au-dehors se préoccupent davantage d'arriver à la prochaine porte et au prochain poêle à bois que de rester planté à reluquer.

Pendant les premières heures, je ne vis personne.

Juste le salon baigné de lumière. Hoffmann ne rognait pas sur l'électricité. Le mobilier n'était pas anglais, avait plutôt l'air français, surtout cet étrange siège qui se trouvait au milieu de la pièce et n'avait de dossier que sur une largeur. Ce devait être ce que les Français appellent une méridienne. Découpes recherchées, asymétriques, étoffe aux motifs tirés de la nature. Rococo, d'après le livre d'histoire de l'art de ma mère, mais pour ce que j'en sais, elle pouvait tout aussi bien avoir été fabriquée par un menuisier du coin, et les ornements avoir été peints dans la campagne norvégienne. Quoi qu'il en soit, ce n'était pas le choix de mobilier d'une personne jeune, je pariais donc sur l'ex-femme de Hoffmann. Pine disait que Hoffmann l'avait virée l'année de ses cinquante ans. *Parce qu'*elle avait cinquante ans. Et que, le fiston ayant quitté le domicile familial, elle n'avait plus de fonction dans la maison. Tout cela, il le lui avait – d'après Pine – dit de but en blanc et elle l'avait accepté. Ça, un appartement en bord de mer et un chèque de un million et demi de couronnes.

Pour passer le temps, je sortis mes feuilles avec les trucs que j'écris. C'est juste une forme de gribouillage. Non, ce n'est pas vrai, c'est sans doute plutôt une lettre. Une lettre à quelqu'un dont je ne sais pas qui c'est. Enfin, si, je le sais. Mais maintenant, je ne suis pas précisément un as de l'écriture, il y a beaucoup de fautes d'orthographe, beaucoup à jeter. Pour chaque mot conservé, il a fallu beaucoup de papier et d'encre, pour formuler les choses ainsi. Et ce jour-là aussi, le rythme était suffisamment lent pour que je finisse par reposer les feuilles, m'allume une cigarette et rêvasse un peu à la place.

Comme je le disais, je n'avais jamais vu personne de la famille de Hoffmann, mais à présent, observant leur appartement depuis l'autre côté de la rue, je les imaginais. J'aime regarder chez les autres. Ai toujours aimé. Je faisais donc ce que je fais toujours et me représentais la vie de famille chez eux. Un garçon de neuf ans qui était rentré de l'école et était dans le salon en train de lire toutes sortes de livres qu'il avait empruntés à la bibliothèque. La mère qui chantonnait dans la cuisine en préparant le dîner. La mère et le fils qui se figeaient un instant quand la porte s'ouvrait. Mais qui – lorsque l'homme à la porte lançait d'une voix claire et enjouée « Je suis rentré ! » – soupiraient de soulagement et s'élançaient à sa rencontre dans l'entrée, l'enlaçaient.

Tandis que je me trouvais dans ces agréables pensées, Corina Hoffmann arriva dans le salon depuis la chambre à coucher et tout changea.

La lumière.

La température.

Le problème d'arithmétique.

Cet après-midi-là, je n'allai pas à l'épicerie.

Je n'attendis pas que Maria ferme, comme je le faisais de temps à autre, et je ne la suivis pas à bonne distance jusqu'au T-bane, ne me collai pas derrière elle dans la foule qui se pressait au milieu du wagon, où elle préférait rester même s'il y avait des sièges libres. Cet après-midi-là, je ne me tins pas comme un dément, à lui chuchoter des choses que j'étais seul à pouvoir entendre.

Cet après-midi-là, je restai dans l'obscurité d'un appartement à épier, comme ensorcelé, la femme d'en face. Corina Hoffmann. Je pouvais dire ce que je voulais aussi fort que je le voulais, personne ne m'entendrait, et je n'avais pas besoin de la regarder de dos, de regarder son chignon, de façon à pouvoir m'imaginer une beauté qui n'était pas là.

Funambule. C'est la première réflexion que je me fis quand Corina Hoffmann entra dans le salon. Elle portait un peignoir blanc en éponge et évoluait comme une chatte. Jene veux pas dire par là qu'elle marchait à l'amble, comme quelques rares mammifères, tels les chats et les chameaux, en sont effectivement capables : ils meuvent les deux pattes d'un même côté avant de bouger les deux autres. Ai-je entendu dire. Ce que je veux dire, c'est que les félins – si j'ai bien entendu – marchent sur leurs orteils, et qu'ils posent les pattes arrière dans les traces des pattes avant. C'est ce que faisait Corina. Elle posait un pied nu, cou-de-pied tendu, plaçait le second tout contre le premier. Comme une funambule.

Tout chez Corina Hoffmann était beau. Son visage aux pommettes hautes, ses lèvres à la Brigitte Bardot, ses cheveux lisses en bataille. Ses longs bras sveltes qui émergeaient des manches amples de son peignoir, le dessus de ses seins, si moelleux qu'il remuait quand elle marchait ou respirait. Et la peau blanche, si blanche de ses bras, de son visage, de ses seins, de ses jambes, doux Jésus, ils étaient comme des plateaux enneigés sous un soleil vibrant, le genre de choses qui peuvent provoquer une cécité des neiges en quelques heures. Bref, tout me plaisait chez Corina Hoffmann. Tout, sauf son nom de famille.

Elle semblait s'ennuyer. But du café. Parla au téléphone. Lut un peu un magazine, mais ignora les journaux. Disparut dans la salle de bains, avant de ressortir, toujours en peignoir. Mit un disque sur lequel elle dansa sans grande conviction. Du rock, semblait-il. Mangea un peu. Consulta sa montre. Bientôt six heures. Elle passa une robe, arrangea ses cheveux et changea de disque. J'ouvris la fenêtre et essayai d'écouter, mais il y avait trop de circulation. Je saisis donc de nouveau les jumelles et tentai de faire la mise au point sur la pochette de disque qu'elle avait laissée sur la table basse. On aurait dit un portrait du compositeur sur le devant. Antonio Lucio Vivaldi ? Qui sait ? Le truc, c'est que la femme auprès de laquelle Daniel Hoffmann rentra à six heures et quart était tout autre que celle avec laquelle j'avais passé la journée entière.

Ils s'évitaient. Ne se touchaient pas. Ne se parlaient pas. Comme deux électrons qui se repoussent parce qu'ils ont la même charge négative. Mais à la fin, ils refermèrent la porte de la même chambre.

Je me couchai, mais ne trouvai pas le sommeil.

Qu'est-ce donc qui nous fait prendre conscience que nous allons mourir ? Que se passe-t-il le jour où nous comprenons que la fin de notre vie n'est pas seulement une possibilité, mais un foutu fait ? C'est sûrement différent pour tout le monde, mais pour moi, ça a été de voir mourir mon père. De voir combien c'était banal et physique, comme une mouche sur l'appui de fenêtre. Plus intéressant est donc : qu'est-ce qui – après que nous avons atteint cette connaissance – nous fait douter de nouveau ? Sommes-nous devenus plus intelligents ? Comme ce philosophe – David quelque chose – qui écrivait que ce n'est pas parce qu'une chose se passe encore et encore qu'elle se produira nécessairement la prochaine fois. Sans preuve logique, nous ne *savons* pas que l'histoire va se reproduire. Ou sommes-nous juste devenus plus vieux et plus craintifs car la fin approche ? Ou est-ce encore tout autre chose ? Comme voir soudain quelque chose dont nous ignorions l'existence. Ressentir quelque chose que nous ignorions pouvoir ressentir. Entendre un bruit creux en tapant sur le mur et comprendre qu'il pourrait y avoir une pièce de l'autre côté. Et un espoir s'allume, un espoir douloureux et usant, qui vous ronge et ne se laisse pas ignorer. Un espoir qu'existe une échappatoire qui trompe la mort, une ruelle qui mène à un lieu que vous ignoriez. Qu'existe un sens. Qu'existe une narration.

Le lendemain, je me levai en même temps que Daniel Hoffmann. À son départ, il faisait encore nuit noire. Il ne savait pas que j'étais là. Ne *voulait* pas savoir, avait-il dit.

Je m'assis dans le fauteuil à la fenêtre et entrepris d'attendre Corina. Sortis mes feuilles et déchiffrai mon projet épistolaire. Les mots étaient plus insaisissables que d'habitude, et les rares que je comprenais semblaient soudain très hors de propos, morts. Pourquoi ne me contentais-je pas de balancer tout ce merdier ? Était-ce parce que j'avais passé si longtemps sur ces pauvres phrases ? Je reposai les feuilles et examinai la vie déserte des rues d'Oslo en hiver jusqu'à ce que Corina arrive enfin.

La journée se déroula à peu de chose près comme la précédente. Elle sortit faire un tour et je la suivis. J'avais appris avec Maria la manière la plus efficace de suivre quelqu'un sans se faire remarquer. Corina s'acheta une écharpe dans une boutique, but un thé dans une pâtisserie avec une amie – si je me fiais à ce que j'interprétais de son langage corporel –, et puis elle rentra.

Il n'était que deux heures et je me fis bouillir un café. La regardai étendue sur sa méridienne au milieu de la pièce. Elle avait mis une robe, une autre robe. Le tissu suivait les mouvements de son corps quand elle se tournait. La méridienne est un curieux meuble, qui n'est ni siège ni lit. Quand elle bougeait pour trouver une meilleure position allongée, c'était avec des gestes lents, étudiés, assurés. Comme si elle se savait observée. Désirée. Elle consultait sa montre, feuilletait son magazine, même scénario que la veille. Puis elle se raidit presque imperceptiblement.

Je n'avais pas entendu la sonnette.

Elle se leva, alla à la porte, de sa démarche flexible et souple de chatte, et ouvrit.

Il était brun, passablement fluet, du même âge qu'elle.

Il entra, referma la porte derrière lui, suspendit son blouson et éjecta ses chaussures d'une façon qui laissait penser que ce n'était pas la première fois qu'il venait. Ni la seconde. Il n'y avait aucun doute. Il n'y avait jamais eu de doute. Pourquoi alors avais-je douté ? Parce que je voulais douter ?

Il la frappa.

Je fus d'abord si éberlué que je pensai n'avoir pas bien vu. Mais il recommença. La frappa fort au visage du plat de la main. Sa tête fut projetée sur le côté, et ses cheveux blonds s'infiltrèrent dans les doigts de la main. Je vis à sa bouche qu'elle criait.

Il lui serra la gorge d'une main tandis que de l'autre il lui arrachait sa robe.

Là, juste au-dessous du lustre, sa peau nue était si blanche qu'elle formait une surface unique, elle n'avait pas de formes, n'était que blancheur impénétrable, comme de la neige dans la lumière plate d'un jour couvert, ou brumeux.

Il la prit sur la méridienne. Se tenait à l'extrémité sans dossier, avec le pantalon sur les chevilles, tandis qu'elle était étendue sur les claires broderies de forêts dans des représentations européennes innocentes et idéalisées. Il était maigre. Je voyais ses muscles bouger entre ses côtes. Sa musculature fessière se contractait et se relâchait comme une pompe. Il tremblait et vibrait, comme s'il enrageait de ne pas pouvoir faire… plus. Elle gisait, jambes écartées, passive, comme morte. Je voulais détourner le regard, mais n'y parvins pas. Les voir ainsi, ça me rappelait quelque chose. Mais je n'arrivais pas à me souvenir quoi.

Peut-être fut-ce cette nuit-là, quand le silence s'était déposé, que le souvenir me revint. Je rêvai en tout cas d'une image que j'avais vue dans un livre quand j'étais gosse. *Le Règne animal 1 : Mammifères* à la bibliothèque Deichman. C'était dans la savane du Serengeti, en Tanzanie ou dans ce coin-là. Trois hyènes furieuses, énervées et maigres qui avaient ou bien tué leur propre proie ou chassé les lions. Deux d'entre elles, aux fessiers contractés, avaient la gueule dans le ventre ouvert du zèbre. La troisième s'était retournée vers l'appareil photo. Sa tête était gluante de sang et sa dentition pointue découverte. Mais c'est son regard dont je me souvenais le mieux. Le regard que les yeux jaunes lançaient à l'appareil photo et hors du livre. Une mise en garde. *Ceci n'est pas à toi, ceci est à nous. Va-t'en. Sinon nous te tuerons aussi.*

4

Quand je me tiens derrière toi dans le métro, j'attends toujours pour parler que le wagon arrive au point de rencontre des rails. À moins que ce ne soit le point de séparation. En tout cas un endroit des profondeurs souterraines où du métal clique et cliquette sur du métal, bruit qui me rappelle quelque chose, une histoire d'ordre, de choses qui se mettent en place, une histoire de destin. La rame fait une embardée, et les passagers qui ne sont pas des habitués de la ligne perdent un instant l'équilibre et tendent la main vers quelque chose, n'importe quoi qui puisse les maintenir debout. L'aiguillage est suffisamment bruyant pour que je puisse dire ce que je veux. Chuchoter ce que je veux. À l'endroit précis où personne ne peut m'entendre. Toi, tu ne peux pas m'entendre de toute façon. Je suis seul à pouvoir m'entendre.

Que dis-je ?

Je ne sais pas. Juste ce qui me vient à l'esprit. Des choses dont je ne connais pas l'origine, dont je ne sais pas si je les pense vraiment. Enfin, sur le coup, je les pense sans doute. Car tu es belle, toi aussi, quand, debout dans la cohue juste derrière toi, je ne vois que ton chignon et dois m'imaginer le reste.

Mais je ne peux pas m'imaginer que tu es autre chose que brune, car tu l'es. Tu n'es pas blonde comme Corina. Tu n'as pas des lèvres si pleines de sang que l'on a envie de mordre dedans. Pas de musique dans ta chute de reins et dans la courbe de tes seins. Tu n'as été là jusqu'à aujourd'hui que parce qu'il n'y avait personne d'autre. Tu as comblé un vide dont j'ignorais l'existence même.

Tu m'avais invité à dîner chez toi, à l'époque, juste après que je t'avais tirée de ces ennuis. En guise de remerciement, je suppose. Tu avais écrit l'invitation sur un papier et me l'avais donnée. J'avais dit oui. J'allais l'écrire, mais tu m'avais signifié en souriant que tu avais compris.

Je ne suis jamais venu.

Pourquoi ?

Va savoir.

Je suis moi et tu es toi ? Qu'en penses-tu ?

Ou était-ce plus simple encore ? Comme le fait que tu es boiteuse et sourde-muette. Dans un sens, j'ai suffisamment de handicaps à moi tout seul, comme je le mentionnais, je ne suis apte à rien sauf à une chose. Et, putain, que nous serions-nous dit ? Tu aurais sûrement proposé que nous nous écrivions des messages, or, comme je le disais, je suis dyslexique. Et si je ne l'avais pas déjà dit, je le dis maintenant.

Et tu comprends peut-être, Maria, qu'un homme ne soit pas super excité à la perspective que tu t'esclaffes fort à la manière stridente des sourds-muets parce qu'il vient d'écrire « Tu as de beaux yeux » en faisant quatre fautes.

Enfin. Je ne suis pas venu. Voilà ce qu'il en a été de cette histoire.

Daniel Hoffmann voulut savoir pourquoi je mettais si longtemps à faire le boulot.

Je lui demandai si je devais faire en sorte que les pistes ne permettent de remonter ni à lui ni à moi avant de lancer l'opération. Il en convint.

Je continuai donc d'observer l'appartement.

Les jours suivants, le garçon vint la voir quotidiennement, au même moment, juste après que l'obscurité totale s'était de nouveau faite, à trois heures. Entrait, accrochait son blouson, cognait. C'était pareil chaque fois. D'abord elle levait les bras devant elle. Je voyais à sa bouche et aux muscles de son cou qu'elle criait, le priait d'arrêter. Mais il n'arrêtait pas. Pas avant que les larmes roulent sur ses joues. Alors – et alors seulement – il lui enlevait sa robe. Chaque fois une nouvelle robe. Puis il la prenait sur la méridienne. De toute évidence, il la tenait. J'aurais pu dire qu'elle était désespérément amoureuse de lui. Comme Maria l'avait été de son junkie. Certaines femmes ne savent pas ce qui est bien pour elles, elles se contentent de déborder d'amour sans rien exiger en contrepartie. Oui, c'est comme si cette absence de contrepartie, justement, les embrasait plus encore. Elles doivent continuer d'espérer être un jour récompensées, les pauvres. Un amour plein d'espoir, désespérant. Quelqu'un devrait leur apprendre que ce n'est pas ainsi que marche le monde.

Mais je ne crois pas que Corina était amoureuse. Elle ne semblait pas nourrir d'intérêt de cette nature à son égard. D'accord, elle lui prodiguait des caresses après l'amour, le raccompagnait à la porte quand il repartait trois quarts d'heure après être arrivé, s'accrochait à lui avec quelque affectation, lui chuchotait sûrement des mots doux. Mais sitôt qu'il avait passé la porte, elle paraissait presque soulagée. Et je crois savoir à quoi ressemble l'amour. Pourquoi alors était-elle – elle, la jeune épouse du plus grand serveur d'extase de la ville – disposée à tout risquer pour une liaison de pacotille avec un homme qui la battait ?

C'est le quatrième soir que je le compris. Et ma première pensée fut alors qu'il était curieux qu'il m'ait fallu si longtemps pour parvenir à cette réponse. Son amant savait quelque chose sur elle. De quoi aller trouver Daniel Hoffmann si elle ne faisait pas ce qu'il voulait.

À mon réveil le cinquième jour, j'avais pris ma décision. J'allais essayer la ruelle qui menait à l'endroit que nous ne connaissions pas.

5

Une neige légère tombait.

À son arrivée à trois heures, le garçon avait quelque chose pour elle. Dans une petite boîte. Je ne vis pas ce que c'était, simplement qu'elle s'illuminait un instant. S'illuminait dans les ténèbres de la nuit de l'autre côté de la grande fenêtre du salon. Elle avait l'air surprise. J'étais moi-même surpris. Mais je me promis que le sourire qu'elle lui avait montré, elle me l'*offrirait* à moi. Il fallait juste que je fasse les choses comme il faut.

Lorsqu'il repartit un peu après quatre heures – il était resté plus longtemps que d'habitude –, je me tenais prêt dans les ombres de l'autre côté de la rue.

L'ayant vu disparaître dans le noir, je regardai vers son appartement. Elle se tenait à la fenêtre du salon, comme sur une scène, levait la main, examinait quelque chose dessus, je ne pouvais voir quoi. Puis, soudain, elle redressa la tête, fixa l'ombre dans laquelle je me trouvais. Je savais qu'elle ne pouvait en aucun cas me voir, et pourtant… Ce regard perçant, scrutateur. Ce que son visage avait de subitement effrayé, désespéré, presque suppliant. *La notion que le destin ne pouvait être contraint*, comme c'est dit dans le livre, je n'ai foutrement plus aucune idée duquel. J'étreignis le pistolet dans la poche de mon manteau.

J'attendis qu'elle se détournât de la fenêtre, puis m'avançai hors des ombres. Traversai la rue d'un pas vif. Dans la fine couche de neige fraîche sur le trottoir, je retrouvai les empreintes de ses bottes. Me hâtai à sa suite.

Au coin de la rue suivante, je vis son dos.

J'avais naturellement réfléchi à un certain nombre d'éventualités.

Qu'il ait une voiture garée quelque part. Auquel cas elle serait sans doute dans les ruelles de Frogner. Désertes, mal éclairées. Parfaites. Ou il se pouvait qu'il entre quelque part, dans un bar, un restaurant. Auquel cas je pourrais attendre. J'avais tout le temps du monde. J'*aimais* attendre. J'aimais le temps qui s'écoule entre la prise de décision et l'événement. C'étaient les seules minutes, heures, jours de ma probablement courte vie où j'*étais* quelque chose. La destinée de quelqu'un.

Il se pouvait aussi qu'il prenne un bus ou un taxi.

L'avantage serait alors que nous nous éloignerions un peu plus de Corina.

Il se rendit à la station Nationaltheatret.

Il y avait du monde dans le T-bane et je me rapprochai de lui.

Il monta dans l'une des rames qui allaient vers l'ouest. Un garçon de l'ouest de la ville. Pas les quartiers que j'avais le plus fréquentés. Trop de fric, trop peu d'endroits où le mettre, disait mon père. Je n'ai pas la moindre idée de ce qu'il entendait par là.

Ce n'était pas la ligne que Maria avait l'habitude de prendre, mais le premier tronçon suivait les mêmes rails.

J'étais sur le siège derrière le sien. Nous étions dans le tunnel, mais, entre celui-ci et la nuit à l'extérieur, il n'y avait plus de différence. Je savais que nous arriverions bientôt à l'endroit. L'acier cliquetterait et la rame ferait sa légère embardée.

Je jouai avec l'idée de placer la bouche du canon contre le dossier de son siège et de faire feu quand nous franchirions l'endroit.

Et lorsque nous le fîmes – le franchîmes – j'entendis pour la première fois ce que me rappelait ce bruit. Métal contre métal. Ce sentiment d'ordre et de mise en place des choses. De destin. C'était le son de mon travail, des parties métalliques mobiles d'une arme, de la culasse et du piston, du rechargement et du recul.

Nous fûmes les seuls à descendre à Vinderen. Je le suivis. La neige crissait. Je veillais à marcher en cadence avec lui afin d'éviter qu'il ne m'entende. Villas de part et d'autre, mais nous étions malgré tout si seuls que nous aurions aussi bien pu nous trouver sur la Lune.

Je le rattrapai et au moment où il se tournait à demi, sans doute pour voir si c'était quelque connaissance du voisinage qui arrivait là, je tirai dans le bas de son dos. Il tomba contre une claire-voie et je le retournai du pied. Il me fixa d'un regard de glace et je crus un instant qu'il était déjà mort. Mais sa bouche remuait.

J'aurais pu l'abattre d'une balle dans le cœur, la nuque ou l'occiput. Pourquoi avais-je d'abord tiré dans le bas de son dos ? Avais-je une question à lui poser ? Peut-être en avais-je eu une, mais je l'avais maintenant oubliée. Ou elle me paraissait insignifiante. De près, il n'avait pas l'air particulièrement différent. Les hyènes. Je tirai dans son visage. Les hyènes aux faces ensanglantées.

Mon attention fut attirée par la tête d'un garçon qui dépassait de la clôture. Il avait de la neige en paquets sur ses moufles en laine et son bonnet. Peut-être avait-il cherché à faire un bonhomme. Ce n'est pas si facile avec de la poudreuse. Tout s'effondre, s'effrite entre vos doigts.

« Il est mort ? » demanda le garçon en baissant les yeux sur le cadavre. Qualifier une personne de cadavre quelques secondes après sa mort paraît sans doute curieux, mais c'est ainsi que j'ai toujours envisagé la chose.

« C'était ton père ? » demandai-je.

Le garçon secoua la tête.

Je ne sais pas pourquoi j'avais eu cette idée. Pourquoi je m'étais mis en tête que, du simple fait que le garçon avait l'air très calme, ce devait être son père qui gisait mort. Enfin, si, je le sais. C'était ainsi que j'avais moi-même réagi.

« Il habite là, m'indiqua le garçon, pointant une

moufle et suçant les glaçons de neige de l'autre, sans lâcher le mort du regard.

— Je ne vais pas revenir te faire la peau, expliquai-je. Mais oublie de quoi j'ai l'air. D'accord ?

— D'accord. »

Ses joues se contractaient et se relâchaient autour du glaçon, comme un nourrisson au sein.

Je tournai les talons et repartis par le chemin par lequel j'étais arrivé. Essuyai la gueule du pistolet et le lâchai dans une des bouches d'égout sur lesquelles la mince couche de neige avait fondu. Il serait découvert, mais par la police, pas par quelques gamins imprudents. Juste après une expédition, je ne prenais pas le T-bane, le bus ou le taxi, c'était exclu. Allure rapide normale, et si vous voyez les voitures de police venir dans votre direction, vous faites demi-tour et marchez *vers* le lieu du crime. Quand j'entendis les sirènes, j'étais presque arrivé à Majorstua.

6

C'était il y a quelques semaines seulement. Comme de coutume, j'attendais caché derrière des bennes à ordures sur le parking arrière après la fermeture de l'épicerie. J'entendis le doux déclic de la porte qui s'ouvrait pour se refermer aussitôt. On reconnaît facilement le pas de Maria à sa claudication. J'attendis encore un peu, puis empruntai le même chemin. Tel que je vois les choses, je ne la *suis* pas. Bien sûr c'est elle qui décide où nous allons, et ce jour-là nous n'allions pas directement au T-bane. Nous devions passer par un fleuriste puis monter au cimetière de l'église d'Aker. Il n'y avait personne, et j'attendis donc devant, afin de ne pas être découvert. En ressortant, elle n'avait plus ses fleurs jaunes. Elle continua sur Kirkeveien vers la station, tandis que j'entrais dans le cimetière. Je trouvai les fleurs sur une tombe fraîche, mais déjà gelée. La pierre était bien brillante. Nom familier, de consonance française. C'était lui, son junkie. Je n'avais pas su qu'il était mort. Et manifestement, je n'étais pas le seul. Il n'y avait en tout cas pas de jour de décès, juste un mois. Octobre. Je croyais qu'ils avaient l'habitude de deviner une date quand ils n'étaient pas sûrs. Pour faire moins solitaire. Moins solitaire d'être couché là dans la cohue d'un cimetière brûlé par la neige.

Sur le chemin du retour chez moi, je songeai que je pourrais arrêter de la suivre, maintenant. Elle était en sécurité. J'espérais qu'elle sentait qu'elle était en sécurité. J'espérais que lui, son camé, s'était tenu derrière elle dans le métro et lui avait chuchoté : « Je ne vais pas revenir te faire la peau. Mais oublie de quoi j'ai l'air. » Oui, je l'espérais. Je n'allais plus la suivre. Sa vie commençait maintenant.

Je pris mon souffle devant la cabine téléphonique de Bogstadveien.

Ma vie à moi aussi commençait maintenant, avec cette conversation. Il me fallait la grâce de Daniel Hoffmann. C'était le début. Le reste était plus incertain.

« Expédié, annonçai-je.

— Bien, répondit-il. Et elle est éliminée ?

— Pas elle, sir. Lui.

— Pardon ?

— J'ai expédié le soi-disant amant. »

Au téléphone, nous employons toujours « expédier ». Par mesure de sécurité, pour le cas où nous serions entendus ou écoutés. « Vous ne le verrez plus, sir. Et ils n'étaient pas réellement amants. Il la forçait. Je suis convaincu qu'elle ne l'aimait pas, sir. »

J'avais parlé vite, plus vite que je n'en avais l'habitude, et une longue pause s'ensuivit. J'entendais Daniel Hoffmann respirer péniblement par le nez. On appelle cela renâcler, je crois.

« Tu… tu as tué Benjamin ? »

Je savais d'ores et déjà que je n'aurais jamais dû appeler.

« Tu… as privé de ses jours mon unique… fils ? »

Mon cerveau enregistrait et interprétait les ondes sonores, les traduisait en mots qu'il se mit ensuite à analyser. Fils. Était-ce possible ? Je repensai à quelque chose. La façon qu'avait eue l'amant de se défaire de ses chaussures. Comme s'il était venu souvent. Comme s'il avait vécu là.

Je raccrochai.

Corina Hoffmann me dévisageait avec horreur. Elle avait enfilé une autre robe et ses cheveux n'étaient pas encore secs. Il était cinq heures et quart, et – comme les autres jours – elle s'était lavée du mort avant le retour de son époux.

Je venais de lui raconter que j'avais pour mission de l'assassiner.

Elle essaya de claquer la porte, mais je fus trop rapide.

Je glissai le pied à l'intérieur et forçai la porte à s'ouvrir. Elle tituba en arrière, dans la lumière du salon. Se cramponna à la méridienne. Comme une comédienne sur scène cajole un accessoire.

« Je vous prie… », commença-t-elle en levant un bras devant elle. Je vis étinceler quelque chose. Une grande bague avec une pierre dessus. Je ne l'avais jamais vue.

Je fis un pas en avant.

Elle poussa un cri fort et sauvage. Saisit une lampe et la jeta sur moi. Je fus si surpris de son assaut que c'est à peine si j'eus le temps d'esquiver ce furieux lancer. La puissance et le poids lui firent perdre l'équilibre et je la rattrapai. Sentis sa peau moite contre mes paumes et son odeur lourde. Je me demandais dans quoi elle s'était baignée. En elle-même ? Je la tenais fermement et je sentais son souffle comme une pompe en elle. Doux Jésus, j'aurais voulu la posséder séance tenante. Mais, non, je n'étais pas comme lui. Je n'étais pas comme eux.

« Je ne suis pas là pour vous tuer, Corina », chuchotai-je dans ses cheveux. L'attirai contre moi, c'était comme fumer de l'opium, je me sentais anesthésié en même temps que tous mes sens vibraient. « Daniel sait que vous aviez un amant. Benjamin. Il est mort maintenant.

— Benjamin… est mort ?

— Oui. Et si vous êtes là à son retour, Daniel vous tuera aussi. Il faut que vous veniez avec moi, Corina. »

Perplexe, elle clignait des yeux. « Où ça ? »

La question était déconcertante. Je me serais plutôt attendu à « pourquoi ? », « qui êtes-vous ? » ou « vous mentez ! ». Mais peut-être sentait-elle instinctivement que je disais vrai, que l'affaire était urgente, peut-être était-ce pourquoi elle était allée droit au but. Ou peut-être était-elle si perturbée et perdue que la première chose qui lui était venue à l'esprit avait dégringolé hors d'elle : où ça ?

« Dans la pièce de l'autre côté du mur », répondis-je.

7

Recroquevillée dans le seul fauteuil de mon appartement, elle me scrutait.

Elle était encore plus belle ainsi : effrayée, seule, sans protection. Dépendante.

Je lui avais – de façon un peu superflue – expliqué que mon appartement n'avait rien de rare, ce n'était après tout qu'un simple logement de célibataire, avec un salon et une alcôve où dormir. Propre et ordonné, mais pas pour une femme comme elle. Il présentait cependant un grand avantage, avais-je ajouté : personne ne savait où il se trouvait. Plus précisément : personne – et j'entendais par là littéralement *personne* – ne savait où j'habitais.

« Pourquoi ? » demanda-t-elle en se cramponnant à la tasse de café que je lui avais donnée.

Elle avait demandé du thé, mais je lui avais répondu que le thé devrait attendre demain, que je m'en procurerais dès l'ouverture des magasins. Que je savais qu'elle aimait avoir du thé le matin. Que je l'avais vue boire son thé tous les matins ces cinq derniers jours.

« Quand vous faites mon genre de travail, il vaut mieux que personne ne connaisse votre adresse, expliquai-je.

— Mais moi, je la connais, maintenant.

— Oui. »

Nous bûmes notre café en silence.

« Est-ce à dire que vous n'avez ni amis ni famille ? demanda-t-elle.

— J'ai une mère.

— Qui ne sait pas où…

— Non.

— Et elle ne sait naturellement pas dans quoi vous travaillez.

— Non.

— Que lui avez-vous dit que vous faisiez ?

— Expéditeur.

— De marchandises ? »

Je considérai Corina Hoffmann. Était-elle véritablement intéressée ou se contentait-elle de faire la conversation ?

« Oui.

— Ça, alors. » Un frisson la parcourut et elle croisa les bras sur sa poitrine. J'avais poussé le radiateur à fond, mais avec du simple vitrage et près de moins vingt degrés depuis plus d'une semaine, le froid avait pris le dessus. Je tripotai ma tasse.

« Qu'allez-vous faire, Olav ? »

Je me levai de ma chaise de cuisine. « Voir si je peux vous trouver une couverture en laine.

— Je veux dire, qu'allons-*nous* faire ? »

Elle était saine. C'est un signe de bonne santé de

laisser ce à quoi on ne peut rien et de passer à autre chose. J'aurais voulu que ce soit moi.

« Il va me poursuivre, Olav. Nous poursuivre. Nous ne pouvons pas nous cacher ici pendant toute une éternité. Et c'est le temps qu'il passera à chercher. Croyez-moi, je le connais. Il préférerait mourir plutôt que de vivre avec cette honte. »

Je ne lui posai pas alors la question évidente : dans ce cas, pourquoi as-tu pris son fils pour amant ? À la place, je lui en posai une moins évidente.

« À cause de la honte ? Pas parce qu'il vous aime ? »

Elle secoua la tête. « C'est compliqué.

— Nous avons le temps. Et comme vous le voyez, je n'ai pas la télé. »

Elle rit. Je n'étais toujours pas allé chercher cette couverture en laine. Ni n'avais posé cette question qui, pour une raison ou pour une autre, me brûlait la bouche comme de la bile : mais tu l'aimais, le fils ?

« Dites, Olav…

— Oui ? »

Elle baissa la voix. « Pourquoi faites-vous cela ? »

J'inspirai. J'avais préparé une réponse à cette question. Plusieurs réponses, en l'occurrence, pour le cas où je sentirais que la première ne fonctionnait pas. Je pensais en tout cas avoir préparé des réponses. Mais elles s'étaient volatilisées, toutes autant qu'elles étaient.

« C'est mal, dis-je.

— Qu'est-ce qui est mal ?

— Ce qu'il fait. De tuer sa propre femme.

— Et qu'auriez-vous fait si votre épouse était avec un autre dans votre propre maison ? »

Elle m'avait eu sur ce coup-là.

« Je crois que vous avez bon cœur, Olav.

— Les bons cœurs se vendent au rabais de nos jours.

— Non, ce n'est pas vrai. Les bons cœurs sont rares. Et toujours prisés. *Vous* êtes rare, Olav.

— Je ne suis pas sûr de ça, au juste. »

Elle bâilla en s'étirant. Souple comme une chatte. Les chats ont les antérieurs fixés directement aux épaules, si bien que partout où passe leur tête, passe aussi leur corps. Commode pour la chasse. Commode pour la fuite.

« Si vous avez cette couverture, je crois que je vais dormir, maintenant. La journée a été un peu trop palpitante.

— Je vais changer les draps et vous prendrez mon lit. Le canapé et moi, nous sommes déjà bons amis.

— Ah ? fit-elle en souriant, avant de cligner l'un de ses grands yeux bleus. Cela signifie-t-il que je ne suis pas la première à passer la nuit ici ?

— Si. Mais il m'arrive de lire sur le canapé et de m'endormir.

— Lire quoi ?

— Rien de spécial. Des livres.

— Des livres ? » Elle inclina la tête avec un sourire espiègle, comme si elle m'avait pris à mentir. « Je n'en vois qu'un ici, moi.

— La bibliothèque. Les livres prennent de la place. Et puis j'essaie de diminuer. »

Elle souleva le livre qui se trouvait sur la table basse. «*Les Misérables* ? Il parle de quoi celui-là, alors ?

— De pas mal de choses, je crois. »

Elle haussa un sourcil.

«Principalement d'un homme à qui on pardonne ses crimes. Il passe le reste de sa vie à le rembourser en étant un homme bon.

— Hm. » Elle soupesa le livre dans sa main. «Il a l'air lourd. Il y a de l'amour dedans ?

— Oui. »

Elle le reposa. «Vous n'avez pas répondu à ma question sur ce que nous allions faire, Olav.

— Ce que nous devons faire, c'est expédier Daniel Hoffmann avant qu'il nous expédie nous. »

La phrase avait semblé stupide quand je l'avais formulée dans ma tête. Et elle le sembla tout autant quand je la prononçai à voix haute.

8

De bonne heure, le lendemain matin, je me rendis à la pension de famille. Les deux chambres qui donnaient sur l'appartement de Hoffmann étaient louées. Je me postai dehors dans l'obscurité matutinale, dissimulé derrière un camion en stationnement, et levai les yeux vers son salon. Attendis. Serrant le pistolet dans la poche de mon manteau. À cette heure-ci, en temps normal, il aurait quitté la maison pour aller au bureau. Mais les temps n'étaient pas normaux. La lumière avait beau être allumée, il était impossible de voir s'il y avait quelqu'un là-haut. Je partais du principe que Hoffmann avait compris que je ne m'étais pas enfui avec Corina, que nous n'étions pas dans un hôtel de Copenhague ou d'Amsterdam, quoi. Premièrement, ce n'est pas mon style, deuxièmement, je n'avais pas l'argent et Hoffmann le savait. J'avais dû lui demander une avance pour couvrir mes frais. Il m'avait demandé pourquoi je n'avais pas de blé, il venait pourtant de me payer deux boulots. Je m'étais contenté d'évoquer de vieilles histoires.

Si Hoffmann partait du principe que j'étais en ville, il partait aussi du principe que j'essaierais de lui faire la peauavant qu'il me fasse la mienne. Nous finissions par nous connaître plutôt bien. Mais ce que l'on croit savoir des gens est une chose, ce que l'on sait d'eux en est une autre, et je me suis déjà trompé par le passé. Peut-être était-il seul là-haut. Auquel cas, je n'aurais pas de meilleure chance qu'à l'instant où il sortirait de l'appartement. Juste attendre que la porte de l'immeuble se referme derrière lui, afin qu'il ne puisse pas retourner à l'intérieur, puis traverser la rue, deux balles dans le torse à cinq mètres et deux dans la tête à bout portant.

C'était beaucoup espérer.

La porte s'ouvrit. C'était lui.

Et Brynhildsen et Pine. Brynhildsen avait son toupet pelage de chien et sa moustache toute fine qui ressemblait à un arceau de croquet autour de sa bouche. Pine son blouson en cuir caramel qu'il portait hiver comme été. Avec son petit chapeau, la cigarette derrière l'oreille et son clapet qui travaillait inlassablement. Des bribes dérivèrent de mon côté de la rue. « Enfer de glace » et « ce salaud ».

Hoffmann resta de l'autre côté de la porte pendant que ses cabots sortaient sur le trottoir et observaient la rue, à gauche, à droite, les mains bien enfoncées dans leurs poches de veste.

Puis ils firent signe à Hoffmann de venir et commencèrent à se diriger vers la voiture.

Je me courbai et partis dans la direction opposée. Soit. Ça avait été – comme je le disais – beaucoup espérer. Et maintenant je savais en tout cas qu'il savait comment je m'imaginais que nous résoudrions cette affaire. Avec lui qui mourait et moi pas.

Quoi qu'il en soit, cela signifiait que je devais me tourner vers le plan A.

La raison pour laquelle j'avais commencé par le plan B était que tout dans le plan A me déplaisait.

9

J'aime regarder des films. Pas autant que lire des livres, mais un bon film exerce un peu la même fonction. Il vous convainc de voir les choses différemment. Aucun film n'a toutefois réussi à me convaincre de voir différemment l'avantage d'être en surnombre et d'avoir des armes plus lourdes. Dans un combat entre un et plusieurs hommes, où les deux parties sont armées et à peu près préparées, c'est celui qui est seul qui mourra. Dans un combat où l'une des parties a des armes automatiques, c'est la partie qui a les armes automatiques qui gagnera. Ces expériences ont été chèrement acquises, suffisamment pour que je n'eusse aucune intention de faire comme s'il en allait autrement, sous prétexte que cela m'aurait permis d'éviter d'aller trouver le Pêcheur. C'*est* comme ça, et pas autrement. Et c'est pourquoi j'allai trouver le Pêcheur.

Comme je le disais, le Pêcheur était l'homme qui, avec Daniel Hoffmann, contrôlait le marché de l'héroïne à Oslo. Pas un gros marché, mais comme l'héroïne était la substance dominante, que les clients étaient solvables et les prix élevés, le rendement était phénoménal. Le tout avait commencé avec la Route russe – ou Face nord. À l'époque où cette route avait été mise en place par des Russes et Hoffmann au début des années soixante-dix, l'héroïne provenait majoritairement du Triangle d'or via la Turquie et la Yougoslavie, la Route dite des Balkans. Pine m'avait raconté qu'il travaillait comme mac pour Hoffmann et que, quatre-vingt-dix pour cent des putes consommant de l'héroïne, une dose avait pour la plupart d'entre elles autant de valeur que des couronnes norvégiennes. Alors Hoffmann en était arrivé à la conclusion que, s'il pouvait se procurer de l'héroïne bon marché, il pourrait augmenter d'autant sa marge sur les services sexuels.

L'idée de trouver de la drogue bon marché n'était pas venue du sud, mais du nord. De cette petite île polaire, en réalité inhabitable, qu'est le Svalbard, partagé entre la Norvège et l'Union soviétique, lesquelles, chacune de son côté de l'île, exploitent des mines de charbon. La vie y est dure et monotone, et Hoffmann avait entendu des mineurs norvégiens raconter des histoires épouvantables sur les gens du côté russe qui refoulaient le quotidien à coups de vodka, d'héroïne et de roulette russe. Hoffmann monta donc leur rendre visite et revint avec un marché. Il se trouvait que l'opium brut d'Afghanistan était acheminé en Union soviétique, où il était transformé en héroïne, qui était transportée dans le Nord à Arkhangelsk et Mourmansk. D'où il eût été impossible de la faire passer en Norvège, vu l'intensité avec laquelle la frontière avec ce pays de l'OTAN est surveillée par les communistes – et vice versa. Mais au Svalbard, où les frontières ne sont gardées que par des ours polaires et quarante degrés au-dessous de zéro, ce n'était pas un problème.

Le contact de Hoffmann du côté norvégien envoyait la drogue sur le vol intérieur quotidien pour Tromsø, où jamais la moindre valise n'était ouverte, alors que tous savaient que les mineurs rapportaient des flots d'alcool bon marché non taxé. On aurait dit que même les autorités douanières leur accordaient ce petit plaisir. Il y a bien sûr eu des gens après coup pour dire qu'il était naïf de croire que tant d'héroïne avait pu entrer dans le pays et être acheminée ensuite à Oslo par une correspondance aérienne, ferroviaire ou routière sans que quiconque soit au courant. Qu'il avait dû y avoir là des enveloppes ayant atterri dans les mains d'employés du service public.

Mais d'après Hoffmann, pas le moindre kopeck n'avait été versé. Ce n'était pas nécessaire. La police ne se doutait pas le moins du monde de ce qui se passait. Jusqu'à ce qu'un scooter des neiges abandonné soit découvert côté norvégien aux abords de Longyearbyen. Les restes de chauffeur laissés par l'ours blanc s'étaient révélés russes, et le réservoir d'essence abritait des sachets en plastique contenant un total de quatre kilos d'héroïne pure.

Les opérations avaient été mises en attente pendant que la police et le gouverneur du Svalbard s'agitaient comme des abeilles en colère dans la région. À Oslo, la pénurie d'héroïne faisait paniquer. Mais l'avidité est comme de l'eau de fonte, quand une voie est fermée, elle s'en trouve simplement une autre. Le Pêcheur – qui était bien des choses, mais avant tout un homme d'affaires – le formulait ainsi : la demande qui n'est pas satisfaite actuellement le sera. C'était un gros plaisantin avec une moustache de morse qui vous rappelait le père Noël jusqu'au moment où il était profitable à ses affaires de vous planter un couteau de pêche dans le corps. Il avait passé quelques années à faire de la contrebande d'alcool russe, qui était chargé sur des bateaux de pêche soviétiques, transféré sur des bateaux de pêche norvégiens en mer de Barents, puis débarqué dans une station de pêche dépeuplée que non seulement le Pêcheur dirigeait, mais dont il possédait tout. Les bouteilles étaient conduites à la capitale en camionnette à poisson, rangées dans des caisses. Caisses qui contenaient également du poisson. À Oslo, les bouteilles étaient stockées au sous-sol de la poissonnerie du Pêcheur, qui n'était pas un paravent, mais un magasin appartenant à la famille depuis trois générations, sans être particulièrement rentable ni sombrer dans le gouffre.

Et quand les Russes voulurent savoir s'il pourrait envisager de troquer la gnôle contre de l'héroïne, le Pêcheur calcula un peu ses chiffres, calcula un peu les peines encourues, calcula un peu le risque de se faire prendre, et il topa. Lorsque Daniel Hoffmann put redémarrer son trafic du Svalbard, il découvrit donc qu'il avait de la concurrence. La chose ne fut pas pour lui plaire.

Et c'est là que j'entrai dans le tableau.

À cette époque, j'avais – comme j'ai déjà dû en rendre compte – un parcours criminel relativement raté. J'avais purgé une peine pour braquage de banque, travaillé en tant que souteneur adjoint de Pine et été viré par Hoffmann, et j'étais en quête de quelque chose à faire qui ait encore moins de sens. Hoffmann m'avait recontacté, car il savait de source sûre que c'était moi qui avais expédié un trafiquant découvert dans le port de Halden, avec une tête qui n'était que partiellement intacte. Un meurtre commandité des plus professionnels, loua Hoffmann. Et n'ayant pas de meilleure réputation à défendre, je n'avais pas démenti.

Ma première mission fut un Bergenois qui avait vendu dans la rue pour Hoffmann, mais qui avait pioché dans le chargement, l'avait nié et s'était mis à travailler pour le Pêcheur à la place. Il fut facile à trouver, les gens de Bergen parlent plus fort que les Norvégiens d'ailleurs, et les *r* grasseyés bergenois déchiraient les ténèbres nocturnes de Jernbanetorget, où il vendait. Je lui montrai mon pistolet, et c'en fut brusquement terminé des *r* grasseyés. On dit qu'il est plus facile de tuer la deuxième fois, c'est sans doute vrai. J'emmenai le gars au port à conteneurs et lui tirai deux balles dans la tête pour que l'expédition ressemble à celle de Halden. Affaire pour laquelle la police avait déjà un suspect, fut donc à côté de la plaque dès le premier jour et jamais ne serait-ce qu'à proximité de me donner des inquiétudes. Tandis que Hoffmann se voyait confirmer que j'étais *primo speditóre* et me confiait une nouvelle mission.

Un gars avait appelé Hoffmann, disant qu'il préférait dealer pour lui plutôt que pour le Pêcheur. Il voulait un rendez-vous en extérieur, dans un endroit discret, afin de pouvoir convenir des détails à l'insu du Pêcheur. Disait qu'il ne supportait plus la puanteur de la poissonnerie. Aurait sans doute dû peaufiner un peu sa couverture. Hoffmann mit la main sur moi et m'expliqua qu'il pensait que le gars avait été chargé de l'expédier par le Pêcheur.

Le soir suivant, je l'attendais dans le parc au sommet de Sankt Hanshaugen. L'endroit est bien dégagé. D'aucuns prétendent que la colline a été un lieu de sacrifice et qu'elle est hantée. Ma mère disait que les imprimeurs y avaient fait bouillir de l'encre. Moi, tout ce que je sais, c'est qu'on y brûlait autrefois les ordures de la ville. Ce soir-là, on annonçait moins douze, je savais donc que nous serions seuls. À neuf heures moins dix, un homme arrivait par la longue côte qui mène à la tour. Malgré le froid, il avait le front moite quand il atteignit le sommet.

« En avance, remarquai-je.

— Qui es-tu ? demanda-t-il en épongeant la sueur avec son écharpe. Et où est Hoffmann ? »

Nous cherchâmes nos pistolets en même temps, mais je fus le plus rapide. Je le touchai à la poitrine et au bras juste au-dessus du coude. Il perdit son arme et tomba à la renverse. Gisait dans la neige et me regardait en clignant des yeux.

Je mis mon pistolet contre sa poitrine.

« Combien t'a-t-il payé ?

— Vingt… vingt mille.

— C'était assez pour tuer un homme, tu trouves ? »

Il ouvrit et referma la bouche.

« De toute façon, je vais te tuer, donc inutile d'essayer de trouver une réponse intelligente.

— Nous avons quatre enfants et vivons dans un deux-pièces cuisine.

— J'espère qu'il t'a payé d'avance », fis-je en tirant.

Il geignit, mais resta à cligner des yeux. Je scrutai les deux trous à la poitrine de son manteau. Puis j'arrachai les boutons.

Il portait une cotte de mailles. Pas une veste pare-balles, mais une putain de cotte en fer, une de celles qu'utilisaient les Vikings. En tout cas sur les dessins de *Sagas des rois* de Snorri, que j'ai lu tant de fois quand j'étais gamin que la bibliothèque avait fini par refuser de me le prêter encore. Du fer. Pas étonnant que le gars ait eu chaud dans les montées.

« Qu'est-ce que c'est que ce bordel ?

— Ma femme qui l'a faite, expliqua-t-il. Pour le *Drame de Saint Olav*. »

Je passai le bout de mes doigts sur les petits crochets en fer qui étaient fixés les uns aux autres. Combien de milliers pouvait-il y en avoir ? Vingt ? Quarante ?

« Elle ne me laisse pas sortir sans. »

Une cotte de mailles pour une pièce de théâtre sur le meurtre d'un roi saint.

Je plaçai mon pistolet sur son front. « *Frappe donc le chien que le fer ne mord pas.*

— Snorri, chuchota-t-il. Saint Olav pendant la bataille de Stikles…

— … Exact », l'interrompis-je en faisant feu.

Son portefeuille contenait cinquante couronnes, une photo de sa femme et de ses gamins et une carte d'identité avec nom et adresse.

Le Bergenois et le type en cotte de mailles. Plus le gars du port récemment. Trois raisons de me tenir à l'écart du Pêcheur.

Le lendemain matin de bonne heure, j'allais à sa boutique.

La poissonnerie Eilertsen & Fils se trouvait sur Youngstorget, à un jet de pierre du commissariat central de Møllergata 19. On dit qu'à l'époque où le Pêcheur avait vendu de l'alcool de contrebande, les policiers comptaient parmi ses meilleurs clients.

Recroquevillé face aux tourbillons de vent, je traversai cette glaciale mer de pavés. Quand j'entrai, le magasin venait à peine d'ouvrir, mais la clientèle était déjà nombreuse.

Il arrivait que le Pêcheur lui-même soit dans la boutique, mais pas ce jour-là. Les femmes derrière le comptoir continuèrent de servir les clients, mais un jeune homme – j'avais vu au regard qu'il me lançait qu'il avait d'autres tâches que couper, peser et emballer du poisson – disparut par la porte battante.

Aussitôt après apparaissait le patron. Le Pêcheur. Vêtu de blanc de pied en cap. Tablier, casquette. Même des sabots en bois blancs. Comme un foutu maître-nageur. Il contourna le comptoir et se dirigea vers moi. S'essuya les doigts sur le tablier qui saillait au-dessus de son ventre. Fit un signe de tête vers la porte qui continuait d'aller et venir sur ses gonds. Chaque fois qu'un interstice apparaissait, je voyais une silhouette efflanquée, familière. Celui qu'ils appelaient Klein. Je ne sais pas si c'était dans le sens allemand : petit. Ou dans le sens norvégien : malade. Ou si c'était tout bonnement son nom de baptême. Les trois peut-être. Chaque fois que la porte s'ouvrait, mon regard croisait le sien, mort, noir comme du charbon. J'avais aussi aperçu le fusil à canon scié qui pendait contre sa jambe.

« Continue de garder les mains hors de tes poches, dit le Pêcheur avec son grand sourire de père Noël. Et tu sortiras peut-être vivant d'ici. »

Je hochai la tête.

« On a du travail avec le cabillaud de Noël, là, fiston, donc dis ce que tu veux et tire-toi d'ici.

— Je peux vous aider à vous débarrasser de la concurrence.

— Toi ?

— Oui. Moi.

— Je ne pensais pas que tu étais du genre traître, fiston. »

Quand il disait fiston plutôt que mon nom, ce pouvait être parce qu'il ne le connaissait pas, ne voulait pas me témoigner de respect en l'employant, ou ne voyait pas de raison que je sache combien – le cas échéant – il en savait sur moi. J'optai pour cette dernière solution.

« On peut en parler dans l'arrière-boutique ? demandai-je.

— Ici, c'est bien, personne n'écoute.

— J'ai par mégarde tué le fils de Hoffmann. »

Le Pêcheur serra les paupières d'un œil tandis que l'autre me scrutait. Longuement. En passant la porte, les clients criaient « Joyeux Noël ! » et envoyaient des bouffées de froid dans les locaux chauds et humides.

« Allons en parler dans l'arrière-boutique », décida le Pêcheur.

Trois expédiés. Il faut être un homme d'affaires foutrement froid pour ne pas en vouloir à celui qui a expédié trois de vos hommes. Il ne me restait plus qu'à espérer que mon offre était suffisamment bonne, et le Pêcheur aussi froid que je le croyais. Tu parles qu'il ne savait pas comment je m'appelais.

J'étais assis à une table en bois pleine d'échardes. Sur le sol étaient empilées des caisses en polystyrène remplies de glace, de poisson surgelé et – si la logistique était telle que le prétendait Hoffmann – d'héroïne. En aucun cas la température de la pièce ne pouvait dépasser les cinq ou six degrés. Klein ne s'était pas assis, et pendant que j'expliquais, c'était comme s'il ne pensait pas au fait qu'il tenait ce vilain fusil, et cependant le canon ne pointait jamais ailleurs que sur moi. J'énonçai l'enchaînement des événements sans mentir, mais sans entrer dans des détails inutiles.

Une fois que j'eus fini, le Pêcheur était toujours en train de me fixer avec son putain d'œil de cyclope.

« Donc tu as tout bonnement abattu son gosse à la place de sa femme ?

— Je ne savais pas que c'était son fils.

— Qu'en penses-tu, Klein ? »

Klein haussa les épaules. « C'est dans le journal qu'un type a été abattu à Vinderen hier.

— J'ai vu ça. Peut-être que Hoffmann et son expéditeur, là, se sont servis de ce qu'il y avait dans le journal pour fabriquer une histoire qu'ils étaient sûrs que nous croirions.

— Appelez la police et demandez son nom.

— Nous n'y manquerons pas, dit le Pêcheur. Quand tu nous auras expliqué pourquoi tu as épargné la femme de Hoffmann et pourquoi tu la caches maintenant.

— C'est mon problème.

— Si tu as l'intention de sortir vivant d'ici, tu ferais mieux de tout dire et plus vite que ça.

— Hoffmann la battait.

— Lequel ?

— Les deux, mentis-je.

— Et alors ? C'est pas parce que quelqu'un se prend une raclée par quelqu'un de plus fort qu'il ne l'a pas méritée.

— Surtout une pute pareille, souligna Klein.

— Houla ! fit le Pêcheur en riant. Regarde-moi ces yeux, Klein, le garçon a envie de te tuer ! Ma foi, je crois qu'il est amoureux, moi.

— Ça me va, répondit Klein. Moi aussi, j'ai envie de le tuer. C'est lui qui s'est fait Mao. »

Je n'avais pas la moindre idée de qui était Mao. Il

était écrit Mauritz sur le permis de conduire de celui de Sankt Hanshaugen, c'était peut-être lui.

« Le cabillaud de Noël attend, rappelai-je. Alors qu'en est-il ? »

Le Pêcheur tirait sur la pointe de sa moustache de morse. Je me demandais s'il arrivait jamais à se laver complètement de l'odeur de poisson. Puis il se leva.

« "What loneliness is more lonely than distrust ?" Tu sais ce que ça veut dire, fiston ? »

Je secouai la tête.

« Non, il nous l'avait dit, le Bergenois qui avait fait son transfert chez nous. Que tu étais trop simplet pour que Hoffmann puisse t'employer comme dealer. Tu ne savais même pas additionner deux plus deux, disait-il. »

Klein rigola. Je ne répondis pas.

« C'était T. S. Eliot, les garçons, soupira le Pêcheur. La solitude du méfiant. Croyez-moi, c'est une solitude que tous les dirigeants ressentent à un moment ou à un autre. Que nombre de maris ressentent au moins une fois dans leur vie. Mais à laquelle échappent en tout cas la plupart des pères. Hoffmann aura goûté aux trois variantes. L'expéditeur, la femme et le fils. On en aurait presque pitié de lui. » Il se dirigea vers la porte battante. Observa les locaux du magasin par l'œil-de-bœuf.

« Alors, que te faut-il ?

— Deux de vos meilleurs hommes.

— À t'entendre, on croirait que nous disposons d'armées entières ici, fiston.

— Hoffmann sera préparé.

— Ah ? Il ne croit pas que c'est lui qui te traque ?

— Il me connaît. »

Le Pêcheur avait l'air d'essayer d'ôter sa moustache en tirant dessus.

« Tu auras Klein et le Danois.

— Et pourquoi pas le Danois et…

— Klein et le Danois. »

J'acquiesçai.

Le Pêcheur me raccompagna à la sortie de la poissonnerie. J'allai à la porte, essuyai la buée sur l'intérieur.

Quelqu'un se tenait près de l'Operapassasjen. Qui ne s'y trouvait pas à mon arrivée. Il pouvait y avoir des milliers de raisons pour qu'un type attende dans la tempête.

« Tu as un numéro de téléphone auquel…

— Non, répondis-je. Je vous dirai quand et où j'aurai besoin d'eux. Vous avez une porte arrière ? »

En rentrant par les ruelles, je songeai que le retour sur investissement était bon. J'avais deux hommes et la vie sauve, et j'avais appris quelque chose de nouveau. Que c'était T. S. Eliot qui avait écrit cette phrase sur la solitude. Et moi qui avais toujours cru que c'était cette nana, comment se faisait-elle appeler, déjà ? George Eliot ? « Hurt, he'll never be hurt – he's made to hurt other people. » *Blessé ? Il ne sera jamais blessé – il est fait pour blesser les autres.* Non que je croie aux poètes. Pas plus qu'aux fantômes en tout cas.

10

Corina prépara un repas simple avec les ingrédients que j'avais achetés.

« Bon ! » commentai-je après avoir terminé. Je m'essuyai la bouche et versai encore de l'eau dans nos verres.

« Comment as-tu échoué ici ? me demanda-t-elle.

— Comment ça, échoué ?

— Pourquoi… fais-tu cela ? Pourquoi ne fais-tu pas la même chose que ton père, par exemple ? J'imagine qu'il ne fait pas…

— Il est mort », répondis-je en vidant mon verre d'un trait. Le repas avait été un peu trop salé.

« Oh. Je suis désolée, Olav.

— Ne le sois pas. Personne d'autre ne l'est. »

Corina rit. « Tu es drôle. »

Elle était la première à avoir dit cette chose précise à mon sujet.

« Mets donc un disque. »

Je mis le disque de Jim Reeves.

« Tu as des goûts d'un autre temps, observa-t-elle.

— Je n'ai pas tellement de disques.

— Tu ne danses pas non plus ? »

Je secouai la tête.

« Et tu n'as pas de bières dans ton frigo ?

— Tu as envie d'une bière ? »

Elle me considéra avec un sourire espiègle, comme si j'avais encore été drôle.

« On s'assied dans le canapé, Olav ? »

Elle débarrassa la table pendant que je faisais bouillir le café. Chose que je trouvai rudement chouette. Puis nous nous assîmes dans le canapé. Jim Reeves chantait qu'il vous aimait parce que vous le compreniez. Le temps s'était radouci dans le courant de la journée, et de l'autre côté de la fenêtre tombaient de grands flocons gras.

Je la regardai. Une partie de moi était si foutrement tendue qu'elle aurait préféré s'asseoir dans le fauteuil. Une autre n'avait envie que de passer le bras autour de sa taille étroite et de l'attirer à moi. D'embrasser ces lèvres rouges. De caresser ces cheveux brillants. De l'attirer encore plus près, un peu fort pour que je puisse sentir l'air s'échapper d'elle, l'entendre reprendre son souffle, faisant ressortir ses seins et son ventre, vers moi. J'en avais un goût de sucré dans la tête.

Puis le saphir glissa vers le milieu du disque, fut soulevé et remis à sa place initiale tandis que le vinyle cessait peu à peu de tourner.

Je déglutis péniblement. Voulais lever la main. La poser sur la jonction entre son épaule et son cou. Mais elle tremblait. Pas seulement ma main, tout mon être tremblait comme un foutu patient atteint de la grippe.

« Dis, Olav... » Corina s'avança vers moi. Je pouvais sentir cette espèce d'odeur intense, dont je ne pouvais déterminer si c'était surtout du parfum ou surtout elle. Je dus ouvrir la bouche pour avoir plus d'air. Elle prit le livre sur la table basse devant moi. « Tu ne voudrais pas s'il te plaît me faire un peu de lecture ? Là où il est question d'amour...

— J'aurais bien voulu.

— Alors fais-le », ronronna-t-elle en recroquevillant ses pieds sous elle dans le canapé. Posant une main sur mon bras. « J'*adore* l'amour.

— Mais je ne peux pas.

— Bien sûr que si ! » s'exclama-t-elle dans un rire en posant le livre ouvert sur mes genoux. « Ne sois pas timide, Olav, lis ! Il n'y a que moi qui...

— Je suis dyslexique, je suis atteint de cécité verbale. »

La brusquerie de mes paroles avait amputé sa phrase et elle cligna des yeux vers moi comme si je l'avais giflée. Merde, j'avais moi-même sursauté.

« Pardon, Olav, mais... tu m'avais dit... je croyais... »

Elle s'interrompit et le silence se fit. J'aurais voulu que le disque continue. Je fermai les yeux.

« Je lis, dis-je.

— Tu lis ?

— Oui.

— Mais comment le peux-tu si tu ne peux pas... voir les mots ?

— Je les vois. Mais je les vois parfois faux. Alors il faut que je les regarde encore une fois. » J'ouvris les yeux. Sa main était toujours sur mon bras.

« Mais comment… sais-tu que tu les as mal vus ?

— En règle générale, parce que les lettres ne forment pas de mots ayant du sens. Mais parfois c'est juste que je vois un autre mot et je ne comprends mon erreur que longtemps après. Il peut alors m'arriver de m'être mis dans la tête un tout autre récit. Et alors ça me fait disons deux récits pour le prix d'un. »

Elle rit. Fort, en trilles. Ses yeux scintillaient dans la pénombre. Je ris moi-même. Ce n'était pas la première fois que je racontais à quelqu'un que je suis dyslexique. Mais c'était la première fois qu'on continuait de me poser des questions. La première fois que j'essayais de l'expliquer à quelqu'un qui ne soit ni ma mère ni mon prof. Sa main glissa sur mon bras. Comme imperceptiblement. Je ne faisais que l'attendre. Qu'elle me lâche. Mais à la place, sa main glissa dans la mienne. La serra. « Tu *es* vraiment drôle, Olav. Et gentil. »

Au bas de la fenêtre, la neige avait commencé à se déposer. Les cristaux de neige s'accrochaient les uns aux autres. Comme les crochets de fer d'une cotte de mailles.

« Raconte, alors. Raconte-moi l'amour qu'il y a dans ce livre.

— Eh bien, voyons », fis-je en baissant les yeux sur le livre sur mes genoux. Il était ouvert à la page où Jean Valjean s'occupe de la putain perdue, condamnée à mort. Je réfléchis. Et lui parlai plutôt de Cosette et Marius. Et d'Éponine, la jeune fille élevée en voleuse qui est désespérément amoureuse de Marius, et qui finit par donner sa vie par amour. L'amour d'autres gens. Cette fois, je le racontai sans omettre de détails.

« Oh, c'est formidable ! s'écria Corina quand j'eus terminé.

— Oui. Éponine est…

— … que Cosette et Marius se soient finalement obtenus l'un l'autre. »

Je fis un signe de tête.

Corina serra ma main. Ne l'avait jamais lâchée.

« Parle-moi du Pêcheur. »

Je haussai les épaules. « C'est un homme d'affaires.

— Daniel dit que c'est un assassin.

— Aussi.

— Que se passera-t-il quand Daniel sera mort ?

— Tu n'auras rien à craindre, le Pêcheur ne te veut pas de mal.

— Je veux dire, le Pêcheur va-t-il alors tout reprendre ?

— Je pars de ce principe, il n'a pas d'autres concurrents. À moins que tu n'aies l'intention de… » Je lui fis un clin d'œil se voulant malicieux.

Elle éclata de rire et me donna un coup de coude. Qui diable aurait pu savoir que j'avais un comique en moi ?

« Pourquoi ne pas simplement nous enfuir ? Toi et moi, on aurait pu bien s'en sortir. Je pourrais faire la cuisine et toi, tu pourrais… »

Sa phrase resta en suspens comme un pont laissé inachevé par une banqueroute.

« J'aurais bien voulu m'enfuir avec toi, Corina, mais je n'ai pas un kopeck.

— Ah ? Daniel dit qu'il paie bien ses gens. La loyauté, il faut l'acheter, dit-il toujours.

— Je les ai dépensés.

— En achetant quoi ? » Elle fit un signe de tête au-delà de moi, entendait sans doute par là l'appartement, que ce ne pouvait en aucun cas être l'appartement ni ce qu'il contenait qui avait coûté une fortune.

Je haussai les épaules. « C'était une veuve avec quatre enfants. C'est moi qui avais fait d'elle une veuve, donc je voulais… enfin, j'ai eu un moment de faiblesse et j'ai mis dans une enveloppe ce qui avait été promis à son mari pour un boulot d'expédition. Et il s'est avéré que c'était tout ce que j'avais, dis donc. Je n'aurais jamais cru que le Pêcheur payait autant. »

Elle prit une mine incrédule. Pas l'une des six expressions universelles de Darwin, je crois, mais je compris ce que cela exprimait : « Tu… tu as donné tout ton argent à la veuve d'un homme qui allait *tuer* quelqu'un ? »

J'avais moi-même trouvé en le faisant que c'était passablement idiot, même si j'estimais avoir obtenu quelque chose en échange. Mais formulé ainsi par Corina, cela paraissait directement stupide.

« Qui est-ce qu'il devait tuer, alors ?

— M'en souviens pas. »

Elle me regarda. « Olav, tu sais quoi ? »

Je ne savais pas quoi.

Elle mit une main sur ma joue. « Tu es quelqu'un de vraiment, vraiment spécial. »

Son regard se déplaçait sur mon visage, l'absorbait, segment par segment, comme si c'était un plat qu'elle mangeait. Je sais que c'est là l'instant où l'on est censé savoir, lire les pensées de l'autre, sentir l'autre. Possible. Je suis dyslexique, c'est peut-être pour ça. Ma mère disait que j'étais trop pessimiste. Possible, ça aussi. Toujours est-il que je fus positivement surpris quand Corina Hoffmann se pencha en avant pour m'embrasser.

Nous nous aimâmes. Ce n'est pas la pudeur qui me fait choisir cet euphémisme chaste et romantique plutôt qu'un mot plus direct et instrumental. C'est parce qu'aimer était tout bonnement le terme le plus approprié. Sa bouche était tout contre mon oreille, son souffle grésillait. Je la tenais avec d'infinies précautions, comme l'une de ces fleurs séchées que je découvre parfois dans les livres de la bibliothèque, et qui sont si friables et fragiles qu'elles se décomposent entre mes doigts sitôt que je les frôle. J'avais peur qu'elle ne disparaisse. Et à intervalles réguliers, je devais me hisser sur les bras pour vérifier qu'elle était vraiment toujours là, qu'elle n'était pas un simple rêve. Je la caressai, doucement, avec la légèreté d'une plume, afin de ne pas la dilapider. J'attendis avant de jouir en elle. Elle me considéra avec stupéfaction, ne pouvait pas savoir que j'attendais la bonne seconde. Et puis elle vint, la seconde, la fusion, cet acte qu'on eût pu croire trivial pour un ex-mac, mais qui me submergea pourtant au point que je sentis ma gorge se serrer. Elle émit un long gémissement bas tandis que je me poussais doucement et délicatement en elle en lui chuchotant une parole tendre et idiote à l'oreille. J'avais bien noté son impatience, mais je voulais que cela dure, que ce soit quelque chose de beau. Alors je la prenais au ralenti avec une retenue gagnée de haute lutte. Mais ses hanches se mirent à rouler comme des vagues aiguës, rapides sous moi, et sa peau blanche était irisée dans le noir, c'était comme tenir le clair de lune. Aussi doux. Aussi impossible.

« Viens avec moi, chéri, feulait son souffle dans mon oreille. Viens avec moi, mon cher, cher Olav. »

Je fumais une cigarette. Elle dormait. Il avait cessé de neiger. Le vent qui un temps avait sifflé un air triste dans la gouttière avait remballé son cor. Rien que son souffle régulier dans la pièce. J'écoutais et j'écoutais. Rien.

Ça avait été tel que j'avais rêvé que ce serait. Tel que je n'avais pas cru que ce pouvait être. J'étais si fatigué que je devais dormir. Et si heureux que je ne voulais pas. Car quand je m'endormirais, ce monde, ce monde que je n'avais jamais aimé avant aujourd'hui, cesserait momentanément d'exister. Or d'après l'autre Hume, là, le fait que je m'étais jusqu'à maintenant réveillé tous les matins dans le même corps, dans le même monde, où ce qui s'était passé s'était effectivement passé, ne constituait pas une garantie que la même chose se reproduirait demain matin. Pour la première fois de ma vie, je ressentais le fait de fermer les yeux comme un risque à prendre.

Je continuai donc d'écouter. De veiller sur ce que j'avais. Il n'y avait pas de bruit qui n'aurait pas dû y être. Mais je continuai d'écouter quand même.

11

Ma mère était si faible. C'est pourquoi elle a dû subir davantage que n'aurait supporté le plus fort.

Elle était par exemple incapable de dire non à cette vermine qu'était mon père. Ce qui fait qu'elle a dû écoper de plus de coups qu'un criminel sexuel en prison. Il aimait tout particulièrement l'étrangler, je ne pourrai jamais me débarrasser du bruit de ma propre mère dans la chambre à coucher, mugissant comme une vache chaque fois que mon père lâchait prise assez longtemps pour lui permettre de reprendre son souffle et pouvoir recommencer à la tuer. Elle était trop faible pour dire non à la gnôle, et cette petite femme se versait dans le gosier de quoi tuer des bœufs et des éléphants. Et elle avait un tel faible pour moi qu'elle me donnait tout ce dont j'avais besoin, y compris quand elle en avait elle-même besoin.

On a toujours dit que je ressemblais à ma mère.

Et c'est seulement quand j'ai eu le regard braqué dans les yeux de mon père pour la dernière fois que j'ai compris que je l'avais lui aussi en moi. Comme un virus, une maladie dans le sang.

En règle générale, il ne venait chez nous que quand il avait besoin d'argent. Et en règle générale, il obtenait le peu dont nous disposions. Mais il comprenait aussi que pour maintenir le facteur peur, il devait – que sa collecte soit fructueuse ou non – montrer à ma mère ce qui l'attendrait le jour où elle ne paierait *pas*. Elle expliquait ses coquards et lèvres boursouflées par des escaliers, des portes, et des sols de salle de bains glissants. Et l'alcool solidifiant sa prise, il a bien dû lui arriver de dégringoler ou de se cogner dans le mur entièrement de son propre fait.

Mon père me disait que je lisais à en devenir con. Je soupçonne qu'il avait les mêmes difficultés de lecture et d'écriture que moi, la différence étant que lui avait baissé les bras. Or si lui avait abandonné l'école à la première occasion et à peine lu le journal depuis, je m'y étais, moi, curieusement, plu. À part en maths. Je n'étais pas très loquace, la plupart pensaient sans doute que j'étais bête. Mais le prof de norvégien qui corrigeait mes compositions disait que j'avais quelque chose, quelque chose derrière toutes les fautes d'orthographe, quelque chose que les autres n'avaient pas. Et ça me suffisait amplement. Mon père me demandait ce que je croyais que j'allais faire avec toute cette lecture. Si je m'imaginais valoir mieux que lui et le reste de la famille. Ils s'en étaient bien tirés en faisant du travail honnête. N'avaient pas essayé de se la jouer avec des mots étrangers, en se perdant dans des rêveries de contes.

Quand j'avais seize ans, je lui ai demandé pourquoi il ne tâtait pas un peu du travail honnête lui-même. Il m'a tabassé. A déclaré que ça s'appelait l'éducation et que c'était suffisamment de travail pour aujourd'hui.

Quand j'avais dix-neuf ans, il est venu chez nous un soir. Il avait été libéré de Botsen le jour même, avait purgé un an pour avoir battu à mort un type. En l'absence de témoins, le tribunal avait donné gain de cause à l'avocat de la défense qui arguait que la lésion cérébrale *pouvait* avoir résulté de ce que le type avait glissé sur le verglas en essayant de contre-attaquer.

Il a dit un truc comme le fait que j'avais grandi. M'a donné une tape amicale dans le dos. Ma mère lui avait raconté que j'avais travaillé au centre de tri cette année, c'était ça ? Étais-je enfin devenu raisonnable ?

Je n'ai pas répondu, n'ai pas dit que je travaillais en plus du lycée pour faire des économies et me prendre une chambre quand j'irais à la fac après mon service militaire l'année suivante.

Il m'a dit que c'était bien que j'aie travaillé, parce que maintenant il fallait allonger.

Je lui ai demandé pourquoi.

Pourquoi ? Il était mon père, un innocent condamné qui avait maintenant besoin de toute l'aide que pouvait lui donner sa famille pour se remettre sur pied.

J'ai refusé.

Il m'a dévisagé, incrédule. Et j'ai vu qu'il envisageait de me frapper. Qu'il me jaugeait. Le garçon avait bel et bien grandi.

Puis il a eu un rire bref. A déclaré que si je ne crachais pas mes pauvres billets de mille, il battrait ma mère à mort. Arriverait bien à le faire passer pour un accident, ça aussi. Qu'en pensais-je ?

Je n'ai pas répondu.

Il m'a dit que j'avais soixante secondes.

J'ai dit que l'argent était à la banque, qu'il attendrait l'ouverture le lendemain matin.

Il a incliné la tête, comme pour mieux voir si je mentais.

J'ai dit que je n'allais pas m'échapper, qu'il pouvait prendre mon lit et puis je dormirais avec maman.

« Alors tu as pris ma place là aussi ? a-t-il ricané. Tu ne sais pas que c'est illégal ? Ou on ne parle pas de ces trucs-là dans tes bouquins ? »

Le soir, ma mère a partagé avec mon père l'alcool qui lui restait. Ils sont allés dans sa chambre. Je me suis couché sur le canapé en me bourrant les oreilles de PQ. Mais ça ne suffisait pas pour exclure son beuglement. Puis la porte a claqué et je l'ai entendu aller dans ma chambre.

J'ai attendu qu'il soit deux heures pour me lever, suis allé chercher la balayette à chiottes dans la salle de bains. Puis je suis descendu à la cave commune, ai ouvert notre box. Quand j'avais treize ans, j'avais eu des skis pour Noël. De ma mère. Dieu sait ce à quoi elle avait renoncé pour les payer. Mais ils étaient trop petits maintenant, j'avais grandi. J'ai ôté la rondelle de l'un des bâtons et suis remonté. Me suis faufilé dans ma chambre. Mon père était couché sur le dos et ronflait. Je me suis posté sur le cadre de lit avec un pied de chaque côté du matelas étroit, ai posé la pointe du bâton sur son ventre. N'ai pas risqué la poitrine, la pointe aurait pu être stoppée par le sternum ou une côte. J'ai passé une main dans la dragonne, posé l'autre au sommet, veillé à positionner le bâton à angle droit, afin d'éviter une mauvaise répartition de la charge et la fente du bambou. J'ai attendu. Je ne sais pas pourquoi, ce n'est pas que j'avais peur. Pas là. Sa respiration est devenue plus irrégulière, il allait bientôt se tourner. Puis j'ai bondi en l'air, plié les genoux sous moi, comme un perchiste. Suis retombé de tout mon poids. La peau a un peu résisté, mais une fois le trou fait, le bâton a glissé droit à travers lui. Le manche en bambou a emporté une partie de son T-shirt dans son ventre, et la pointe est allée se ficher dans les profondeurs du matelas.

Il me fixait, les yeux noirs de choc. J'avais été rapide et m'étais assis sur son torse de façon à verrouiller ses bras avec mes genoux. Il a ouvert sa gueule pour crier. J'ai visé et lui ai enfoncé la balayette dedans. Il faisait des gargouillis et des bonds, mais n'arrivait pas à bouger. Un peu que j'avais grandi.

Je suis resté là, je sentais le bâton en bambou dans mes lombaires et son corps qui travaillait sous moi. Et je me suis dit : je suis en train de chevaucher mon père. Là, mon père est ma jument.

Je ne sais pas combien de temps je suis resté comme ça avant que les soubresauts cessent et que son corps se relâche suffisamment pour que je prenne le risque d'ôter la balayette.

« Espèce de con, a-t-il gémi, les yeux fermés. Tu coupes la gorge avec un couteau, tu ne…

— Ç'aurait été trop rapide », lui ai-je répondu.

Il a ri, toussé. Bulles de sang au coin de la bouche. « Voilà, *ça*, c'est mon garçon. »

C'est la dernière chose qu'il ait dite. Il avait donc eu le dernier mot quand même. Car j'ai compris séance tenante qu'il avait raison, le bougre. J'étais son garçon. Ce n'était pas vrai que je ne savais pas pourquoi j'avais attendu ces secondes supplémentaires avant de lui planter le bâton dans le corps. C'était pour prolonger l'instant bienheureux où c'était moi, et moi seul, qui décidais de la vie et de la mort.

C'était le virus que j'avais dans le sang. Son virus.

J'ai descendu le corps à la cave, l'ai enveloppé dans la vieille toile de tente pourrie. Ma mère qui l'avait achetée, celle-là aussi. Elle s'était figuré que nous, la petite famille, partirions camper. Cuirions des truites fraîchement pêchées au bord d'un lac où le soleil ne se couchait jamais tout à fait. J'espère qu'elle y est arrivée avec sa gnôle.

Plus d'une semaine s'est écoulée avant que la police vienne nous demander si nous avions vu mon père après sa libération. Nous avons répondu non. Ils l'ont noté, comme ils disaient. Ont remercié et sont partis. Ils n'avaient pas l'air particulièrement zélés. J'avais alors déjà loué une camionnette et conduit matelas et draps à l'incinérateur d'ordures. Et la nuit, j'avais roulé loin, jusque dans le coin le plus désert de Nittedal, jusqu'à un lac où le soleil ne se couche jamais, mais où je n'irais pas pêcher de truites avant un certain temps.

Assis sur la rive, j'avais contemplé la surface en songeant que c'est ce que nous laissons derrière nous, quelques anneaux dans l'eau qui sont là un moment et puis disparaissent. Comme s'ils n'avaient jamais été là. Comme si nous n'avions jamais été là.

C'était ma première expédition.

Quand, quelques semaines plus tard, j'ai reçu une lettre de l'université indiquant « C'est avec plaisir que nous vous informons que vous êtes reçu en… », assortie d'une date et d'une heure pour l'inscription, je l'ai lentement déchirée en morceaux.

12

Je fus réveillé par un baiser.

Avant de comprendre que c'était un baiser, j'eus un instant de pure panique.

Puis tout me revint, et la panique céda le pas à quelque chose de doux et de chaud que, faute de terme plus approprié, je ne peux qu'appeler bonheur.

Elle avait posé la joue sur ma poitrine et je baissai les yeux sur elle, vis ses cheveux se déverser sur moi.

« Olav ?

— Oui ?

— On ne pourrait pas rester ici pour l'éternité ? »

Je ne pouvais imaginer chose que je veuille davantage. Je l'attirai contre moi. La tins ainsi. Je comptai les secondes. C'étaient là des secondes que nous avions ensemble, des secondes que personne ne pourrait nous enlever, des secondes que nous dévorions ici et maintenant. Mais – comme je le disais – je ne sais pas compter tellement loin. Je mis les lèvres contre ses cheveux.

« Il nous trouvera, ici, Corina.

— Alors, partons loin.

— D'abord, il faut lui faire la peau. Nous ne voulons pas passer le restant de nos jours à regarder pardessus notre épaule. »

Elle glissa l'index sur mon nez et mon menton, comme s'il y passait une couture. « Tu as raison. Mais ensuite, nous pourrons partir, n'est-ce pas ?

— Oui.

— Tu me le promets ?

— Oui.

— Où ça ?

— Où tu voudras. »

Elle continua de faire courir son doigt le long de ma gorge, de ma pomme d'Adam, entre mes clavicules. « Alors, je voudrais aller à Paris.

— Et Paris, ce sera. Pourquoi cette destination précise ?

— Parce que c'est là que Cosette et Marius étaient ensemble. »

Je ris, glissai les pieds par terre et l'embrassai sur le front.

« Ne te lève pas », dit-elle.

Alors je ne me levai pas.

À dix heures, j'étais en train de lire le journal en buvant un café à la table de la cuisine. Corina dormait.

Le record de froid restait à portée de main. Mais le temps doux de la veille avait mué les routes en patinoire. Sur Trondheimsveien, une voiture avait dérapé sur la mauvaise voie. Camion. Famille de trois en route pour fêter Noël dans le Nord. Et la police n'avait toujours pas de piste pour le meurtre de Vinderen.

À onze heures, j'étais dans un magasin d'arts de la table. Il grouillait de gens en quête de cadeaux. Près de la vitrine, je prétendais examiner un service tandis que j'observais le bâtiment d'en face. Les bureaux de Hoffmann. Devant se tenaient deux hommes. Pine plus un gars que je n'avais jamais vu. Le nouveau piétinait le sol, la fumée de sa cigarette partait vers le bas et remontait dans le visage de Pine, qui commentait quelque chose qui ne semblait pas intéresser l'autre outre mesure. Le nouveau avait une grosse toque en peau d'ours et un manteau, mais les épaules remontées jusqu'aux oreilles malgré tout, tandis que Pine paraissait très détendu avec son blouson marron merde de chien et son chapeau de clown. Les macs ont l'habitude de rester dehors. Le nouveau s'enfonça la toque encore plus bas sur les oreilles. Mais je crois que c'était dû davantage à la diarrhée verbale de Pine qu'au froid. Pine avait pris la cigarette qu'il avait derrière l'oreille et la montrait au type. Ce devait être la même histoire que d'habitude, qu'il se promenait avec cette cigarette depuis le jour où il avait arrêté de fumer. Que c'était sa façon de montrer au tabac qui commandait. Moi, je crois que c'était sa façon d'obtenir que les gens lui demandent pourquoi il se promenait avec une cigarette derrière l'oreille pour pouvoir leur crever la tête avec ses discours.

Le nouveau portait trop de vêtements pour me permettre de voir s'il avait un pistolet sur lui, mais le blouson de Pine penchait d'un côté. Portefeuille foutrement épais ou arme. Trop lourd pour que ce ne puisse être que cet ignoble couteau qu'il trimballait habituellement. Un couteau de chasse pour entailler et découper, des dents pour scier la chair. Sans doute ce qu'il avait utilisé la fois où il avait persuadé Maria de travailler pour lui. Lui montrant ce que le couteau lui ferait à elle, ferait à son petit copain, si elle ne ramenait pas l'argent que devait le type, en taillant des pipes et en se faisant sauter. J'imaginais les yeux écarquillés, terrifiés de Maria qui regardaient avec insistance ses lèvres, essayaient désespérément de lire ce que voulait Pine, avec son clapet qui s'actionnait sans relâche. Comme maintenant. Mais le nouveau ignorait le maquereau, se contentait de balayer la rue d'un regard sombre au-dessous de sa toque en peau d'ours. Calme, concentré. Devait être loué. De l'étranger, peut-être. Avait l'air d'un pro.

Je quittai le magasin par la sortie de la rue parallèle. Entrai dans une cabine téléphonique de Torggata. Levai la page que j'avais déchirée dans le journal. Dessinai un cœur sur le givre de la vitre en attendant qu'on me réponde.

« Paroisse de l'église de Ris.

— Excusez-moi, mais j'ai une couronne à livrer pour l'enterrement Hoffmann après-demain.

— Les pompes funèbres la prendront…

— Le problème, c'est que je n'habite pas à Oslo, mais je vais traverser la ville tard demain soir, après la fermeture. Je me disais que je pourrais livrer la couronne directement à l'église.

— Nous n'avons pas d'employés ici qui…

— Mais je suppose que vous aurez le cercueil en sous-sol demain soir ?

— Ce serait la procédure normale, en effet. »

J'attendis, mais rien d'autre ne vint.

« Vous pourriez peut-être le vérifier pour moi. »

Soupir inaudible. « Un instant. » Brassage de papiers. « Oui, c'est bien le cas.

— Alors je ferai un saut à l'église demain soir. La famille va sûrement venir le voir une dernière fois, ce qui me permettra de transmettre aussi les condoléances. On a sûrement noté un créneau horaire auquel vous leur donnerez accès à la crypte. J'aurais pu appeler la famille directement, mais je voudrais éviter de les importuner… »

J'attendis en écoutant l'hésitation à l'autre bout du fil. Je m'éclaircis la voix : « … dans cette période de l'Avent pour eux si tragique.

— Je vois qu'ils ont demandé à pouvoir être ici demain soir entre huit et neuf heures.

— Merci, conclus-je. Mais je ne pourrai malheureusement pas arriver à temps. Autant ne pas mentionner que j'ai envisagé de venir en personne. Je vais plutôt faire envoyer la couronne autrement.

— Comme vous voudrez.

— Merci de votre aide. »

J'allai sur Youngstorget. Personne ne se trouvait dans l'Operapassasjen aujourd'hui. S'il s'était agi d'un homme de Hoffmann hier, il avait vu ce qu'il voulait voir.

Le garçon ne me laissa pas passer de l'autre côté du comptoir. Dit que le Pêcheur était en rendez-vous.

Je voyais des ombres bouger derrière le verre irrégulier de la porte battante. Puis l'une de ces ombres se leva et disparut par le même chemin que moi : la porte arrière.

« Tu peux y aller, fit le garçon.

— Désolé, dit le Pêcheur. Il n'y a pas que le cabillaud de Noël qu'on réclame. »

La forte odeur avait dû me faire froncer le nez, car il se mit à rire.

« Tu n'aimes pas l'odeur de la raie, fiston ? » Il fit un signe de tête vers les poissons découpés et partiellement en filets sur le plan de travail derrière nous. « Transporter de la came dans le même véhicule que de la raie, c'est parfait, tu sais, les chiens de détection n'ont pas la moindre chance. Presque personne d'autre n'en fait, mais moi j'aime les boulettes de raie. Le goût. » Il désigna de la tête un bol sur la table pleine d'échardes entre nous. Des boulettes de poisson grisâtres trempaient dans un liquide trouble.

« Comment va cette partie de la boutique, d'ailleurs ? m'enquis-je, prétendant ne pas avoir entendu l'invitation.

— La demande est irréprochable, mais les Russes commencent à être avides. Ce sera plus facile de leur parler quand ils ne pourront plus jouer de Hoffmann et moi l'un contre l'autre.

— Hoffmann sait que nous avons parlé ensemble.

— Il n'est pas idiot.

— Non. C'est pourquoi il a une bonne garde en ce moment. On ne peut pas simplement entrer et lui faire la peau. Il faut faire preuve d'imagination.

— Ton problème, observa le Pêcheur.

— Il faut que nous passions à l'intérieur.

— Toujours ton problème.

— Il y avait le faire-part de décès dans le journal d'aujourd'hui. Hoffmann junior va être enterré après-demain.

— Et alors ?

— Nous pourrions lui faire la peau là-bas ?

— Enterrement. Du monde. » Le Pêcheur secoua la tête. « Je laisse les bateaux amarrés.

— Pas l'enterrement. La veille. Dans le caveau.

— Explique. »

J'expliquai. Il secoua la tête. Je continuai. Il secoua encore la tête. Je levai une main et parlai. Il secouait toujours la tête, mais avec un grand sourire à présent. « Ma parole. Comment diable as-tu eu cette idée ?

— Quelqu'un que je connais a été enterré dans la même église. Ça s'était déroulé comme ça.

— Tu sais que je devrais dire non.

— Mais vous allez dire oui.

— Et si c'est le cas ?

— Il me faut de l'argent pour trois cercueils, annonçai-je. Ils ont des cercueils prêts à l'emploi aux pompes funèbres Kimen. Mais vous le saviez… »

Le Pêcheur me lança un coup d'œil d'avertissement. S'essuya les doigts sur son tablier. Tira sur sa moustache. S'essuya les doigts sur son tablier.

« Prends-toi une boulette de poisson, et je vais aller voir ce que j'ai dans la caisse. »

Je restai à contempler les boulettes qui nageaient

dans quelque chose que j'aurais pris pour du sperme si je n'avais pas su ce que c'était. Enfin, à la réflexion, je ne *savais* pas ce que c'était.

En rentrant, je passai devant l'épicerie de Maria. Songeai que je pouvais aussi bien y faire mes courses pour le dîner. Entrai, attrapai un panier, elle me tournait le dos, s'occupait d'un client. Je longeai les rayons, trouvai du poisson pané Findus, des pommes de terre et des carottes. Quatre bières. Il y avait une offre spéciale sur les chocolats Kong Haakon, avec la boîte emballée dans du papier de Noël. Je la mis dans mon panier.

M'approchai de Maria à la caisse. Il n'y avait personne d'autre dans le magasin. Vis qu'elle m'avait aperçu. Qu'elle rougissait. Merde, ce n'était pas étonnant, elle devait en être restée à cette histoire de dîner, sans doute pas souvent qu'elle invitait comme ça des bonshommes chez elle.

Je m'avançai jusqu'à elle et dis un bref « salut ». Baissai les yeux sur mon panier en me concentrant pour poser les vivres – le poisson pané, les pommes de terre, les carottes et les bières – sur le tapis roulant. Gardai un moment la boîte de chocolats à la main. J'hésitais. Cette bague au doigt de Corina. C'était ce qu'il, le fils, l'amant, lui avait donné. Juste comme ça. Et voilà que j'allais me pointer avec une putain de boîte de chocolats en cadeau de Noël, quoi, emballée comme si c'était le sceptre de Cléopâtre.

« Ce. Sera. Tout. »

Je considérai Maria avec surprise. Elle avait parlé.

Oui, putain, et comment. Ça sonnait bizarrement, c'est clair. Mais c'étaient des mots. Des mots aussi valables que d'autres. Elle écarta les cheveux de son visage. Les taches de rousseur. Les yeux tranquilles. Un peu las.

« Oui », dis-je avec une diction appuyée. En mettant la bouche en entonnoir.

Elle sourit un peu.

« Ce… sera… tout », articulai-je lentement et un peu trop fort.

Elle fit un signe de tête interrogateur vers la boîte de chocolats.

« Pour… toi. » Je la lui présentai. « Joyeux… Noël. »

Elle mit la main devant sa bouche. Et derrière sa main, son visage passa par toute une représentation théâtrale d'expressions différentes. Plus de six. Surprise, ahurissement, joie, embarras, suivis de sourcils haussés en un « pourquoi ? », d'yeux qui se muaient en traits sur son visage et d'un merci rieur. Il en va sans doute ainsi quand on ne peut pas parler, le visage devient très expressif, apprend à jouer une espèce de pantomime qui peut sembler relativement outrée à ceux qui n'y sont pas habitués.

Je lui tendis la boîte. Vis sa main constellée de taches de son approcher de la mienne. Que voulait-elle ? Avait-elle l'intention de me prendre la main ? Je la retirai. Fis un rapide signe de tête et me dirigeai vers la porte. Sentis son regard dans mon dos. Merde, je n'avais fait que lui donner une boîte de chocolats, que voulait-elle au juste, cette nana ?

L'appartement était dans le noir quand j'entrai. Dans le lit, je pouvais entrevoir la silhouette de Corina.

Si silencieuse et immobile que je trouvais cela presque étrange. Je progressai lentement vers le lit, me postai au-dessus d'elle. Elle avait l'air si paisible. Et si pâle. Le tic-tac d'une horloge démarra dans ma tête, comme si cette horloge voulait en venir à quelque chose. Je me penchai plus près de Corina, j'avais le visage juste au-dessus de sa bouche. Quelque chose manquait. Et le tic-tac était de plus en plus haut.

« Corina », chuchotai-je.

Aucune réaction.

« Corina », répétai-je, un peu plus haut, entendant quelque chose que je n'avais jamais entendu dans ma propre voix, une espèce de stridence désemparée.

Elle ouvrit les yeux.

« Viens là, mon nounours », murmura-t-elle, en m'entourant de ses bras et en m'attirant dans le lit.

« Plus fort, chuchota-t-elle. Je ne vais pas partir en morceaux, tu sais. »

Non, me dis-je, tu ne vas pas partir en morceaux. Nous, *ceci*, ça ne partira pas en morceaux. Car ceci est ce que j'ai attendu, ce à quoi je me suis exercé. Rien d'autre que la mort ne peut le détruire.

« Oh, Olav, chuchotait-elle. Oh, Olav. »

Son visage rayonnait, elle souriait, mais ses yeux étaient brillants de larmes. Ses seins ondulaient en blanc au-dessous de moi, si blancs, si blancs. Et bien qu'elle fût à ce moment-là aussi proche que peut l'être une autre personne, c'était comme si je la voyais dans cet instant telle que je l'avais vue la première fois, à distance, derrière la fenêtre d'en face. Et je songeai qu'il n'existait pas de nudité plus grande dans laquelle voir quelqu'un, que quand cette personne ne se sait pas observée, étudiée. Elle ne m'avait jamais vu ainsi. Ne me verrait peut-être jamais ainsi. Au même instant, une réflexion me frappa. J'avais toujours les feuilles, la lettre, celle que je n'avais jamais pu terminer. Si Corina tombait dessus, elle risquait peut-être de se méprendre. Mais il n'en restait pas moins singulier que mon cœur se mît à battre plus vite pour une bagatelle pareille. Les feuilles se trouvaient sous la boîte à couverts dans le tiroir de la cuisine, aucune raison pour que quelqu'un aille la déplacer. Mais je décidai malgré tout de les jeter à la première occasion.

« Comme ça, oui, Olav. »

Quand je jouis, quelque chose en moi se débloqua, quelque chose qui avait bloqué, bloqué quoi, je ne sais pas, mais la pression de l'éjaculation l'emporta, l'expulsa. Je restai allongé à essayer de reprendre mon souffle. J'étais un homme transformé, c'est juste que je ne savais pas en quoi.

Elle se pencha sur moi, me chatouilla le front.

« Comment te sens-tu, mon roi ? »

Je répondis, mais j'avais la gorge pleine de salive.

« Comment ? » demanda-t-elle en riant.

Je me raclai la gorge et répétai : « Affamé. »

Elle rit de plus belle.

« Et heureux », ajoutai-je.

Corina ne supportait pas le poisson. Était allergique, l'avait toujours été, c'était familial.

Les magasins d'alimentation étaient fermés, mais je dis que je pouvais commander une CP Spesial chez Chinapizza.

« *Chinapizza ?*

— Chinois et pizza. À part, bien sûr. J'y mange presque tous les jours. »

Je me rhabillai et descendis à la cabine téléphonique au coin de la rue. Je n'avais jamais eu le téléphone dans l'appartement, n'en voulais pas. Ne voulais pas avoir de ligne où les gens pourraient m'entendre, me trouver, me parler.

Depuis la cabine, je pouvais voir ma fenêtre au troisième. Et je pouvais voir Corina qui s'y tenait, la tête auréolée de lumière, une foutue gloire. Elle baissa les yeux vers moi. Je lui fis signe. Elle me fit signe.

Puis la pièce tomba, dans un bruit de déglutition métallique.

« Chinapizza, je vous en plie.

Salut, Lin, c'est Olav. Une CP Spesial, à emporter.

— Pas manger sul place, mistel Olav ?

— Pas aujourd'hui.

— Quinze minutes, alols.

— Merci. Une chose. Quelqu'un est-il venu me demander ?

— Te demander ? Non.

— Bien. Y a-t-il quelqu'un en ce moment que tu as déjà vu avec moi ? Quelqu'un avec une drôle de moustache fine, qui a l'air dessinée ? Ou avec un blouson en cuir marron et une cigarette derrière l'oreille ?

— Voyons voil. Noon… »

Il n'y avait qu'une dizaine de tables, je lui fis donc confiance. Ni Brynhildsen ni Pine ne m'attendaient. Ils y étaient venus avec moi plus d'une fois, mais ils ne devaient pas savoir précisément avec quelle régularité je fréquentais les lieux. Bien.

J'ouvris la lourde porte métallique de la cabine, jetai un coup d'œil sur la fenêtre. Elle y était toujours.

Aller à pied jusqu'à Chinapizza prenait un quart d'heure. La pizza m'attendait dans un carton rouge de la taille d'un plateau de table de camping. CP Spesial. La meilleure de la ville. Je me réjouissais d'ores et déjà à la perspective de voir le visage de Corina quand elle goûterait la première bouchée.

« See you latel, all-a-gatol », me lança comme de coutume Lin quand je passai la porte. Elle se referma avant que j'aie pu entendre son adieu répété avec une rime de crocodile.

Je marchais d'un bon pas sur le trottoir, tournai le coin. Je pensais à Corina. Je devais penser très *fort* à Corina. C'est du moins la seule excuse que j'aie eue pour ne les avoir ni vus, ni entendus, ni même avoir eu cette idée évidente. Que s'ils avaient compris que ceci était ma table habituelle, ils avaient aussi compris que j'avais dû me dire qu'il existait une possibilité qu'ils l'aient compris, et ne s'approcheraient donc pas des lieux sans une certaine prudence. Ils ne m'attendaient pas au chaud, dans la lumière, mais dans les ténèbres au froid intersidéral, où je suis prêt à parier que les molécules se déplaçaient à peine.

J'entendis la neige crisser deux fois, mais, ralenti par cette maudite pizza, je ne pus atteindre mon pistolet avant d'avoir un bout de métal froid appuyé contre l'oreille.

« Où est-elle ? »

C'était Brynhildsen. Sa moustache fine comme un trait de crayon remuait quand il parlait. Il était accompagné d'un jeune type qui paraissait plus effrayé que dangereux, et qui aurait aussi bien pu avoir un badge « en formation » sur la poitrine de son blouson, mais qui fit en tout état de cause un travail soigné lorsqu'il me fouilla. Il tendit mon pistolet à Brynhildsen. Je gageais que Hoffmann avait eu le bon sens de laisser le jeunot assister Brynhildsen sans le munir de balles réelles. Peut-être avait-il là-dessous un couteau ou quelque chose comme ça. L'arme des macs. Le pistolet était l'arme de la came.

« Hoffmann dit que tu auras la vie sauve si nous récupérons sa femme », m'informa Brynhildsen.

C'était un mensonge, mais j'aurais naturellement moi-même dit la même chose. J'évaluai mes options. La rue qui avait été balayée de ses voitures et de ses passants. À part ceux qu'il ne fallait pas. Et le silence était tel que je pus entendre les ressorts du mécanisme de détente gémir faiblement en se resserrant.

« Tout de suite, dit Brynhildsen. Parce qu'on la retrouvera sans toi aussi, tu sais. »

Il avait raison, ce n'était pas du bluff.

« C'est bon. Je l'ai emmenée pour avoir de quoi négocier. Je ne savais pas que ce garçon était un Hoffmann.

— Suis pas au courant, on veut juste ramener sa femme.

— Allons la chercher, alors. »

Dis-je.

13

«Il *faut* qu'on prenne le T-bane, expliquai-je. Écoutez, la nana croit que je la protège. Et c'est le cas. Tant que je n'ai pas besoin d'elle pour ce deal justement. Je lui ai donc dit que si je n'étais pas à la maison dans une demi-heure, c'était que quelque chose clochait sérieusement et qu'elle devait se tirer. Et en voiture, avec la circulation de Noël, on met au moins trois quarts d'heure pour aller à mon appartement.»

Brynhildsen me dévisagea. «Alors appelle-la pour lui dire que tu arriveras un peu plus tard.

— Je n'ai pas le téléphone.

— Ah oui ? Et comment se fait-il que la pizza était prête quand tu es arrivé, Johansen ?»

Je baissai les yeux sur l'énorme carton rouge. Brynhildsen n'était pas un imbécile. «Cabine téléphonique.»

Brynhildsen passa le pouce et l'index sur sa moustache de part et d'autre de sa bouche, comme s'il cherchait à étirer les traits. Regarda la rue dans les deux sens. Devait jauger la circulation. Évaluer ce que Hoffmann dirait si sa femme en réchappait.

« CP Spesial. » C'était le jeunot. Un grand sourire aux lèvres, il désigna le carton d'un mouvement de tête. « Meilleure pizza de la ville, pas vrai ?

— La ferme ! trancha Brynhildsen, qui en avait terminé de son étrillage de moustache et avait pris sa décision. Prenons donc le T-bane. Et puis on appellera Pine de ta cabine pour qu'il vienne nous y chercher. »

Nous marchâmes cinq minutes jusqu'à la station de T-bane de Nationaltheatret. Brynhildsen tira sa manche de manteau par-dessus son pistolet.

« Tu n'as qu'à acheter ton propre billet, ce n'est pas *moi* qui te l'offrirai, me prévint-il quand nous étions au guichet.

— Celui que j'ai acheté pour venir est valable pendant une heure, mentis-je.

— Oui, c'est vrai, ça », dit Brynhildsen dans un rictus.

Je pouvais toujours espérer un contrôle des billets qui me mènerait à la sécurité d'un poste de police.

Il y avait dans le T-bane exactement la presse que j'avais espérée. Des travailleurs fatigués, de jeunes mâcheurs de chewing-gum, des hommes et des femmes grossis par tous leurs vêtements contre le froid et avec des sacs en plastique débordant de paquets de Noël. Nous dûmes rester debout. Nous nous postâmes au milieu du wagon, tous trois avec une main autour du pilier en acier lisse. Les portes se refermèrent et la buée des gens se reposa sur les vitres. La rame se mit en mouvement.

« Hovseter. J'aurais pas cru que t'habitais à l'ouest, Johansen.

— Il ne faut pas croire tout ce que tu crois, Brynhildsen.

— Ah ? Comme le fait que je croyais qu'on pouvait acheter de la pizza là-haut à Hovseter au lieu de devoir redescendre jusqu'en ville ?

— C'est la CP Spesial, observa le jeunot avec recueillement, le regard braqué sur le carton rouge qui occupait une place déraisonnable dans ce wagon bondé. On n'en trouve pas…

— Boucle-la. Donc tu aimes la pizza froide, Johansen ?

— On va la réchauffer.

— On ? Toi et la nana de Hoffmann ? » Brynhildsen produisit son rire à un coup, on aurait dit un coup de hache. « T'as raison, Johansen, putain, il ne faut pas croire ce qu'on croit. »

Non, songeai-je. Il ne faut par exemple pas croire qu'un gars comme moi se figure véritablement que Hoffmann a l'intention de le laisser en vie. Et quelqu'un comme moi ne se le figurant pas, il ne faut pas non plus croire qu'il ne va pas se livrer à des actes désespérés pour réorienter le chenal dans lequel se trouve l'histoire. Brynhildsen avait les sourcils qui se rejoignaient tout juste sur l'arête du nez.

Je ne pouvais certes pas lire ce qui se passait derrière, mais je pariais que le plan était de nous abattre,

Corina et moi, dans mon appartement. De laisser le pistolet dans ma main, de faire en sorte que j'aie l'air de l'avoir tuée avant de me tuer moi-même. Le prétendant mort fou d'amour, assez classique. Meilleure solution que de nous larguer dans un étang dans une vallée juste en dehors d'Oslo. Si Corina se contentait de disparaître, son mari ferait automatiquement l'objet d'une enquête, et il n'y avait chez Hoffmann aucun aspect qui tolère l'enquête. C'est en tout cas ce que j'aurais fait si j'étais Brynhildsen. Mais maintenant, Brynhildsen n'était pas moi. Brynhildsen était un type avec un assistant inexpérimenté, un pistolet caché dans une manche de manteau, une prise lâche autour d'un pilier métallique, et une position des jambes pas suffisamment écartée pour lui permettre de garder l'équilibre. C'est ça, être novice sur cette ligne. Je comptais à rebours. Je connaissais chaque éclisse, chaque mouvement, chaque point et chaque virgule.

« Tiens ça ! » Je fourrai le carton de pizza sur la poitrine du jeune garçon, qui la réceptionna par réflexe.

« Eh ! » s'écria Brynhildsen par-dessus le cliquetis, levant la main qui avait le pistolet à l'instant même où nous atteignions l'aiguillage. J'initiai mon mouvement alors que l'embardée du train conduisait Brynhildsen à tendre automatiquement le bras qui avait le pistolet pour garder l'équilibre. Tenant le pilier des deux mains, je me projetai de toutes mes forces en avant. Visai le point de l'arête nasale où se rejoignaient tout juste les sourcils. J'ai lu qu'une tête humaine pèse autour de quatre kilos et demi, ce qui à une vitesse de soixante-dix kilomètres heure constitue une énergie cinétique dont le calcul requiert une bosse des maths plus développée que la mienne. Toujours est-il que, lorsque je reculai de nouveau, une fine douche de sang jaillissait de la cassure du nez de Brynhildsen, et tout n'était que blanc des yeux, on ne voyait dépasser sous ses paupières que le bas de ses iris, et il écartait avec raideur les bras de ses flancs, comme un pingouin. Je compris que Brynhildsen était déjà parti en voyage, mais pour couper court à un éventuel retour, je saisis ses mains dans les miennes, c'est-à-dire que l'une de mes mains empoigna le pistolet dans sa manche, comme si nous faisions la ronde, Brynhildsen et moi. Puis je réitérai le mouvement qui avait tout de même donné un résultat satisfaisant la première fois. Le tirai fortement vers moi, baissai la tête et cognai dans son nez. Entendis céder quelque chose qui n'aurait probablement pas dû. Je le lâchai, mais pas son pistolet, il s'affala comme un sac, tandis qu'autour de nous les gens suffoquaient et se débattaient pour fuir.

Je me retournai et braquai le pistolet sur le jeunot, tandis qu'une voix de haut-parleur nasillarde, à l'indifférence étudiée, annonçait « Majorstua ».

« Mon arrêt », lançai-je. Sans le laisser sortir de ma ligne de mire, je me penchai en avant et puisai mon pistolet dans la poche de poitrine de Brynhildsen.

Au-dessus du carton de pizza, le jeunot avait les yeux en boules de loto, et la bouche si béante que, perversement, elle en devenait une cible tentante. Qui sait, dans quelques années, il pourrait être quelqu'un qui viendrait à ma poursuite, avec une expérience plus lourde, des armes plus lourdes. Enfin, années ? Ces gamins-là apprenaient ce qu'il leur fallait en trois, quatre mois.

Nous freinâmes à l'approche de la station. Je reculai vers les portes juste derrière moi. Nous avions soudain beaucoup plus de place, les gens nous observaient plaqués contre les parois. Un bébé babillait quelque chose à sa mère, pour le reste, il n'y avait pas un bruit. La rame s'arrêta et les portes s'ouvrirent. Je fis encore un pas en arrière, restai dans l'ouverture. Si derrière moi des gens voulaient monter, ils choisirent sagement une autre entrée.

« Allez », fis-je.

Le gamin restait sans réaction.

« Allez », répétai-je avec une diction plus articulée.

Le gamin cligna des yeux, ne comprenant toujours pas.

« La pizza. »

Avec l'apathie d'un somnambule, il fit un pas en avant et me tendit la boîte rouge. Je marchai à reculons sur le quai. Gardai le pistolet braqué sur le jeunot pour m'assurer qu'il comprenait bien que c'était mon arrêt à moi *seul*. Jetai un coup d'œil sur Brynhildsen. Il gisait de tout son long sur le sol, mais avait une épaule agitée de petites secousses, comme une impulsion électrique dans quelque chose qui était détruit, mais refusait de mourir.

Les portes se refermèrent.

Derrière les vitres à la crasse hivernale, maculées de sel, le jeunot me fixait. La rame se mit en mouvement en direction de Hovseter et ses alentours.

« See you latel, all-a-gatol », chuchotai-je en baissant mon pistolet.

Je marchai d'un bon pas vers chez moi, tandis que je prêtais l'oreille aux sirènes de police dans l'obscurité. Lorsqu'elles arrivèrent, je déposai le carton de pizza sur les marches d'une librairie fermée et repartis vers la station. Une fois le bleu des gyrophares passé, je fis demi-tour et revins rapidement sur mes pas. Sur l'escalier, le carton de pizza était intact. J'avais hâte – comme je le disais – de voir le visage de Corina quand elle prendrait sa première bouchée.

14

« Tu ne m'as pas posé de questions, dit-elle dans le noir.

— Non, répondis-je.

— Pourquoi ?

— Je ne suis sans doute pas quelqu'un qui pose beaucoup de questions.

— Mais tu dois bien te demander. Père et fils…

— Je suppose que tu me raconteras ce que tu as envie de me raconter quand tu le sentiras. »

Le lit grinça quand Corina se tourna vers moi. « Et si je ne te raconte jamais rien ?

— Eh bien je ne le saurai jamais.

— Je ne te comprends pas, Olav. Pourquoi veux-tu me sauver ? *Moi ?* Toi qui es si bien, moi qui suis si médiocre ?

— Tu n'es pas médiocre.

— Qu'en sais-tu ? Tu ne veux même pas me poser de questions pour le savoir.

— Je sais que tu es ici auprès de moi maintenant. Ça suffit pour l'instant.

— Et ensuite ? Admettons que tu arrives à faire sa

peau à Daniel avant qu'il te fasse la tienne. Admettons que nouspartions à Paris. Admettons que, d'une manière ou d'une autre, nous arrivions à réunir suffisamment d'argent pour vivre. Tu te demanderas quand même qui elle est, elle qui a pu être la maîtresse de son propre beau-fils. Car on ne peut jamais faire entièrement confiance à une personne pareille, si ? Un tel talent pour la trahison…

— Corina, dis-je en m'étirant vers mes cigarettes. Si l'idée de ce que je vais me demander ou pas te tourmente, tu pourras me raconter. Je dis juste que ça dépend de toi. »

Elle me mordit légèrement le bras. « Tu as peur de ce que je vais dire, c'est ça ? Tu as peur que je te raconte que je ne suis pas celle que tu espères que je suis ? »

Je pêchai une cigarette, mais ne trouvai pas de briquet.

« Écoute. Je suis une personne qui a choisi comme gagne-pain de tuer mes prochains. Je laisse aux gens une certaine marge de manœuvre quand il s'agit de leurs mœurs et motivations.

— Je ne te crois pas.

— Quoi ?

— Je ne te crois pas, je crois que tu essaies juste de le camoufler.

— Camoufler quoi ? »

Je l'entendis déglutir. « Que tu m'aimes. »

Je me tournai vers elle.

Le clair de lune qui entrait par la fenêtre fit scintiller ses yeux humides.

« Tu m'aimes, pauvre imbécile. » Elle me donna des coups sans vigueur dans l'épaule. Répétant *tu m'aimes, pauvre imbécile. Tu m'aimes, pauvre imbécile*, tandis que roulaient ses larmes.

Je l'attirai à moi. La serrai alors que sous ses larmes mon épaule se réchauffait puis se refroidissait. Je voyais le briquet maintenant. Il était sur le carton de pizza vide. Si j'avais eu des doutes, je n'en avais plus. Elle aimait bien la CP Spesial. Elle m'aimait bien moi.

15

Avant-veille de Noël.

Il refaisait froid. C'en était fait du redoux pour cette fois.

J'appelai l'agence de voyages depuis la cabine téléphonique du coin. Ils me dirent combien coûtaient les billets pour Paris. Je dis que j'allais les rappeler. Puis je téléphonai au Pêcheur.

Dis sans introduction que je voulais de l'argent pour l'expédition de Hoffmann.

« Nous sommes en ligne ouverte, Olav.

— Vous n'êtes pas sur écoute.

— Qu'en sais-tu ?

— Hoffmann paie quelqu'un de Televerket qui est au courant des téléphones qui sont sur écoute. Aucun de vous n'est sur la liste.

— Je t'aide à résoudre ton problème, Olav. Pourquoi devrais-je payer ?

— Parce que vous allez tant gagner à ce que Hoffmann ne soit plus là que ceci est de toute façon de la mitraille. »

Une pause. Mais pas très longue.

« Combien ?

— Quarante mille.

— D'accord.

— En liquide, à venir chercher à la poissonnerie demain matin.

— D'accord.

— Et encore une chose. Je ne vais pas courir le risque de venir au magasin ce soir, les gens de Hoffmann me collent un peu trop. Demandez à la voiture de passer me prendre derrière le stade de Bislett à sept heures.

— D'accord.

— Vous vous êtes procuré les cercueils et le véhicule ? »

Le Pêcheur ne répondit pas.

« Désolé, dis-je. L'habitude de tout régler moi-même.

— Ce sera tout ? »

Nous raccrochâmes. Je restai à contempler le téléphone. Le Pêcheur avait topé pour quarante mille sans hésiter. J'en aurais accepté quinze avec joie. Ne l'avait-il pas compris, ce boutiquier ? Ça ne collait tout simplement pas. Soit, ça ne collait pas. C'était moi qui m'étais vendu au rabais. J'aurais dû demander soixante. Quatre-vingts, peut-être. Mais c'était trop tard maintenant, je n'avais qu'à m'estimer heureux d'avoir pu renégocier une fois.

En règle générale, je suis nerveux quand je ne suis plus qu'à un jour d'une expédition. Et puis je le deviens de moins en moins à mesure que je fais le décompte des heures.

C'était pareil pour elle.

Je passai à l'agence de voyages et réservai les billets pour Paris. Me fis recommander une pension de famille à Montmartre. Bon marché, mais sympa et romantique, décrivit la femme derrière le comptoir.

« Certainement ! dis-je.

— Un cadeau de Noël ? » La femme souriait en tapant la commande à un nom qui ressemblait au mien, mais ne l'était pas tout à fait. Pas encore, je le ferais corriger quand nous serions à deux doigts de partir. Son nom à elle, elle l'avait sur un badge à la poitrine de la veste couleur poire verte qui était manifestement l'uniforme de l'agence. Lourdement maquillée. Taches de nicotine sur les dents. Bronzée. Ils avaient peut-être des voyages dans les pays chauds subventionnés par le boulot.

Je sortis dans la rue. Regardai à droite et à gauche. J'aspirais à l'obscurité.

En rentrant, je me rendis compte que je marchais en l'imitant. Maria.

Ce. Sera. Tout.

À cinq heures, j'avais bouclé deux valises.

« On pourra acheter tout ce qu'il nous faut à Paris », dis-je à Corina, qui semblait nettement plus nerveuse que moi.

À six heures, j'avais démonté, nettoyé, huilé et remonté mon pistolet. Rempli le barillet. Je me douchai, me changeai dans la salle de bains. Réfléchis à ce qui allait se passer. Songeai qu'il me fallait veiller à ne jamais avoir Klein derrière moi. Passai mon costume noir. M'assis dans le fauteuil. Je transpirais. Corina avait froid.

« Bonne chance.

— Merci », répondis-je en me levant pour partir.

16

Je tapais des pieds dans l'obscurité derrière le vieux stade de patinage et de football.

Aftenposten avait écrit qu'on annonçait du grand froid pour la nuit et les jours à venir, que le record serait très certainement battu maintenant.

À sept heures précises, le fourgon noir se coulait au bord du trottoir. Pas une minute avant, pas une minute après. Je le pris comme un signe de bon augure.

J'ouvris la portière de la zone de chargement et sautai à bord. Klein et le Danois étaient assis chacun sur son cercueil blanc. Ils avaient tous deux revêtu un costume noir, une chemise blanche et une cravate, comme je le leur avais demandé. Le Danois me salua en me lançant quelque réjouissance dans son idiome de patate chaude dans la bouche, tandis que Klein se contentait d'un regard torve. Je m'assis sur le troisième cercueil et tapai à la vitre de la cabine. Le chauffeur du soir était le garçon qui m'avait observé quand j'étais entré dans la poissonnerie.

Le chemin qui montait à l'église de Ris serpentait

à travers de calmes quartiers résidentiels. Je ne le voyais pas, je le savais.

Je humai l'air. Le Pêcheur avait-il utilisé l'une de ses propres camionnettes à poisson ? Le cas échéant, j'espérais pour lui qu'il avait une fausse plaque.

« D'où vient le véhicule ? m'enquis-je.

— Garé à Ekeberg, répondit le Danois. Le Pêcheur m'avait demandé de trouver quelque chose qui fasse enterrement. » Il éclata de rire. « *Qui fasse enterrement !* »

Je renonçai à la question suivante, pourquoi cela puait le poisson. Je venais de comprendre que c'étaient eux. Il me revint que j'avais moi-même senti le poisson après ma visite dans l'arrière-boutique.

« Quel effet ça fait ? demanda soudain Klein. De devoir expédier son propre patron ? »

Je savais que moins Klein et moi parlerions, mieux ce serait. « Chais pas.

— Bien sûr que tu sais. Allez.

— Oublie.

— Non. »

Je vis sur Klein qu'il n'avait pas l'intention d'abandonner la partie.

« D'abord, Hoffmann n'est pas mon patron. Ensuite, ça ne me fait aucun effet.

— Bien sûr que c'est ton patron ! » J'entendais la fureur comme un grésillement bas dans sa voix.

« Comme tu voudras.

— Comment pourrait-il ne *pas* être ton patron ?

— C'est sans importance.

— Allez, mec. Tu vas nous faire sauver ton cul, ce soir, et si tu te pliais à nous… » Il me montra son pouce et son index. « … Un tout petit peu ? »

Le fourgon fit un virage brusque, et nous glissâmes sur les couvercles lisses des cercueils.

« Hoffmann me payait mes services à la pièce, expliquai-je. Et cela faisait de lui un client. Au-delà de cela…

— *Client ?* répéta Klein. Et Mao était une *pièce* ?

— Si Mao était quelqu'un que j'ai expédié, alors Mao était une pièce. Je suis désolé pour toi si c'était quelqu'un à qui tu t'étais lié sentimentalement.

— Lié sentiment… » Klein crachait les mots, mais craqua. Dut s'arrêter, respirait péniblement. « Combien de temps crois-tu que tu vas vivre, expéditeur ?

— Ce soir, c'est Hoffmann qui est une pièce. Je suggère que nous restions concentrés là-dessus.

— Et quand il sera expédié. C'est un autre qui sera une pièce. »

Klein me dévisagea sans chercher à dissimuler sa haine.

« Puisque tu aimes manifestement avoir des patrons. Je te rappelle les ordres que tu as reçus du Pêcheur. »

Klein allait lever son vilain fusil, mais le Danois posa la main sur son bras. « Relax, Klein. »

Le fourgon ralentit. Le garçon parla à travers la vitre. « C'est l'heure de vous mettre dans vos lits de vampires, les mecs. »

Nous soulevâmes les couvercles de nos cercueils en losange et nous glissâmes à l'intérieur. J'attendis d'avoir vu Klein baisser le couvercle du sien avant de l'imiter. Nous avions deux vis avec lesquelles fixer le couvercle de l'intérieur. Deux ou trois tours simplement. Juste assez pour les maintenir en place. Pas de quoi empêcher de les repousser le moment venu. Je n'étais plus nerveux. Mais mes genoux tremblaient. Curieux.

Nous nous arrêtâmes, des portières claquèrent, j'entendis des voix à l'extérieur.

« Merci de nous permettre d'utiliser le caveau. » C'était le garçon.

« C'est la moindre des choses.

— On m'avait aussi promis de l'aide pour porter.

— Oui, c'est pas les macchabées qui vont vous aider. »

Rires virils. Je gageais que c'était l'un des fossoyeurs, qui était venu à notre rencontre. La portière de la zone de chargement s'ouvrit. J'étais au bord et je sentis qu'on me soulevait. Restai aussi immobile que possible. Nous avions percé des trous d'aération dessous et sur le côté, je vis des rais de lumière dans la nuit quand ils me transportèrent vers l'entrée.

« Donc ça, c'est la famille qui est morte sur Trondheimsveien ?

— Oui.

— J'ai vu ça dans le journal, oui. Tragique. Ils vont être enterrés dans le Nord, c'est ça ?

— Oui. »

Je sentis qu'on me descendait, je glissai en arrière, ma tête heurta la paroi du cercueil. Merde, je croyais qu'on portait toujours les corps pieds d'abord.

« Vous n'avez pas eu le temps de les monter avant Noël ?

— Ils vont être enterrés à Narvik, deux jours de route. »

Petits pas traînants. Ils étaient dans l'étroit escalier en pierre. Je m'en souvenais bien.

« Pourquoi ne les a-t-on pas simplement envoyés en avion, alors ?

— La famille trouvait que ça faisait trop cher », répondit le garçon. Il s'en sortait bien. Je lui avais dit que s'il y avait beaucoup de questions, il devait expliquer qu'il venait de commencer aux pompes funèbres.

« Donc ils voulaient les avoir dans une église en attendant ?

— Oui. Noël et tout ça. »

La conversation se tarit de nouveau.

« Bon, bon. Compréhensible, oui. Enfin, on a de la place ici, comme vous le voyez. Juste ce cercueil pour un enterrement demain. 'fin, il est ouvert, la famille va bientôt venir le voir. On peut mettre celui-ci là-bas sur les tréteaux.

— Mettons-le directement par terre.

— Vous voulez le cercueil à même le béton ?

— Oui. »

Ils avaient cessé de porter. On aurait dit qu'ils hésitaient.

« Comme vous voulez. »

On me posa. J'entendis un raclement juste à côté de ma tête, puis des pas qui disparaissaient.

J'étais seul. Je jetai un coup d'œil dehors par l'un

des trous. Pas entièrement seul. Seul avec le cadavre. Une pièce. Mon cadavre. La dernière fois aussi, je m'étais trouvé seul ici. Ma mère avait paru si petite couchée dans son cercueil. Ratatinée. L'âme avait sans doute pris chez elle plus de place que chez la plupart des gens. Sa famille était là, je ne les avais jamais rencontrés. Quand ma mère était sortie avec mon père, ses parents avaient rompu leurs liens avec elle. Que quelqu'un de la famille se marie avec un criminel n'était tout bonnement pas une chose que toléraient mes grands-parents, mes oncles et mes tantes. Qu'elle l'eût accompagné dans l'est de la ville était la seule circonstance atténuante : hors de vue, hors d'esprit. Mais maintenant, moi, j'étais visible. Un spectacle criard pour mes grands-parents, oncles et tantes qui jusqu'alors avaient été des gens dont maman parlait quand elle était bourrée ou défoncée. Le premier mot que j'ai entendu prononcé par un parent qui ne soit ni mon père ni ma mère a été « Condoléances ». Environ vingt condoléances dans une église des quartiers ouest, à quelques jets de pierre de là où elle avait grandi. Puis j'étais reparti de mon côté de la rivière pour ne plus les revoir.

Je vérifiai que les vis tenaient bien.

Le deuxième cercueil arriva.

Les pas remontèrent vers l'extérieur. Je consultai ma montre. Sept heures et demie.

Le troisième cercueil arriva.

Le garçon et le fossoyeur disparurent de la pièce et grimpèrent les marches en parlant de nourriture de Noël.

Jusque-là tout s'était passé selon les plans.

Le pasteur ne s'était bien entendu pas opposé à mon souhait quand je l'avais appelé pour lui demander, au nom de la famille de Narvik, si les trois victimes de la circulation pourraient rester en transit dans le caveau jusqu'après Noël. Nous étions en place, et dans une demi-heure, Hoffmann le serait, avec un peu de chance, aussi. On pouvait espérer qu'il laisserait ses gardes du corps dehors. Mais de toute façon, ce n'était nullement exagérer que de dire que l'effet de surprise serait de notre côté.

Le phosphore de ma montre flottait en luisant dans le noir.

Moins dix.

Pile.

Cinq.

Une pensée me traversa. Les feuilles. La lettre. Elle était toujours sous la boîte à couverts. Pourquoi ne l'avais-je pas jetée ? L'avais-je simplement oubliée ? Et pourquoi me posais-je cette question au lieu de me dire *et si* Corina la trouvait ? Voulais-je qu'elle la trouve ? Allez savoir.

J'entendis des voitures à l'extérieur. Des portières claquées.

Des pas dans l'escalier.

Ils étaient là.

« Il a l'air paisible, remarqua doucement une femme.

— Ils l'ont fait très beau », reniflait une voix de femme plus âgée.

Une voix d'homme : « J'ai laissé les clefs dans le contact, je crois que je vais…

— Tu ne vas rien du tout, Erik. » La femme la plus jeune. « Mon Dieu, quelle mauviette tu fais.

— Mais, ma chérie, la voiture…

— Elle est dans un cimetière, Erik ! Que crois-tu qu'il puisse s'y passer ? »

Je regardai par le trou à côté de moi.

J'avais espéré que Daniel Hoffmann viendrait seul. Ils étaient quatre et se tenaient tous du même côté du cercueil, tournés vers moi. Un homme à moitié chauve de l'âge de Daniel. Différent. Un beau-frère, peut-être. Ça collait bien avec les deux qui étaient à côté de lui : une femme d'une trentaine d'années et une gamine de dix, douze ans. Petite sœur et nièce. S'il y avait une certaine ressemblance quelque part, c'était avec la dame plus âgée aux cheveux gris. Une copie quasi conforme de Daniel. Grande sœur ? Jeune mère ?

Mais point de Daniel Hoffmann.

Je me dis qu'il allait venir dans sa propre voiture, que ç'eût été bizarre que toute la famille arrivât exactement en même temps.

Et j'eus confirmation qu'il était attendu quand le beau-frère aux cheveux en couronne de laurier jeta un coup d'œil sur sa montre.

« Il était plus ou moins prévu qu'il prenne la succession de son père, Benjamin, renifla la plus âgée. Que va faire Daniel, maintenant ?

— Maman, dit la plus jeune sur un ton d'avertissement.

— Oh, ne fais pas comme si Erik n'était pas au courant. »

Erik haussa puis baissa les épaules dans sa veste de costume, bascula sur les talons. « Je sais ce que fait Daniel, oui.

— Alors, tu sais aussi combien il est malade.

— Elise m'en a touché un mot, oui. Mais nous n'avons pas tellement de relations avec Daniel. Ni avec cette… euh…

— Corina, glissa Elise.

— Il serait peut-être temps de le voir un peu plus, alors.

— Maman !

— Je dis juste que nous ne savons pas pour combien de temps nous avons Daniel.

— Nous n'avons *pas* l'intention d'avoir quoi que ce soit à voir avec les affaires de Daniel, maman. Regarde ce qui est arrivé à Benjamin.

— Chut ! »

Pas dans l'escalier.

Deux silhouettes entrèrent dans la pièce.

L'une embrassa la vieille dame. Fit un signe de tête mesuré à la plus jeune et au beau-frère.

Daniel Hoffmann. Et avec lui, un Pine qui, pour une fois, la bouclait.

Ils se postèrent entre le cercueil et nous, dos tourné. Parfait. Si je crois qu'une pièce qui va être expédiée est armée, je suis prêt à faire pas mal de détours pour me retrouver en position de lui tirer dans le dos.

Je serrai la main autour de la poignée du pistolet.

Attendis.

Attendis le type avec la toque en peau d'ours.

Il ne vint pas.

Il était posté devant l'église.

Ce qui rendrait les choses plus faciles dans un premier temps, mais constituerait un problème potentiel avec lequel il nous faudrait dealer ensuite.

Mon signal au Danois et à Klein était simple : à mon cri.

Et il n'y avait pas une seule raison logique au monde pour que ce cri ne soit pas poussé à cet instant précis. Et pourtant, c'était comme s'il existait un bon moment, une seconde coincée entre toutes les autres secondes. Comme avec mon père et le bâton de ski. Comme dans un livre où l'écrivain décide précisément quand un événement va se produire, événement dont vous savez qu'il va se produire, mais qui ne s'est pas encore produit. Car il y a un bon moment dans l'histoire, donc il vous faut attendre encore un peu, les choses doivent venir dans le bon ordre. Je fermai les yeux et sentis le tic-tac du compte à rebours, un ressort qui se tendait, une goutte qui continuait de tourner au bout d'une stalactite.

Et puis l'instant arriva.

Je criai en repoussant le couvercle.

17

Il faisait clair. Clair et bon. Maman m'expliqua que j'avais beaucoup de fièvre, que le médecin qui était venu avait dit que je devais rester au lit pendant quelques jours et boire beaucoup d'eau, mais que ce n'était pas dangereux du tout. C'est là que je compris qu'elle se faisait du souci. Mais personnellement, je n'avais pas peur. J'étais bien. Même quand je fermais les yeux, il faisait clair, la lumière brillait à travers mes paupières, une chaude lueur rouge. Maman m'avait laissé son grand lit, et on aurait cru que les saisons traversaient la chambre. Printemps doux se faisant été brûlant, avec la sueur qui coulait comme une pluie d'été sur mon front, et les draps qui se collaient à mes cuisses, puis, enfin, l'automne apaisant et sa limpidité de l'air et de l'esprit. Avant le retour soudain de l'hiver dans les claquements de dents et avec de longs vols à travers le sommeil, le rêve et la réalité.

Elle était allée m'emprunter un livre à la bibliothèque. *Les Misérables*. Victor Hugo. « Version abrégée », indiquait la couverture, sous le dessin de Cosette enfant, le dessin d'origine d'Émile Bayard.

Je lisais et rêvais. Lisais et rêvais. Ajoutais et retranchais. Ne savais plus avec certitude ce qui était le fruit de l'imagination de l'auteur et ce qui était le fruit de la mienne.

Je croyais à l'histoire. C'est juste que je ne croyais pas que Victor Hugo racontait la vérité dessus.

Je ne croyais pas que Jean Valjean avait volé du pain, que c'était la raison pour laquelle il purgeait une peine. Je soupçonnais Victor Hugo de n'avoir pas voulu risquer que les lecteurs cessent de soutenir le héros en racontant la vérité. Qui était que Jean Valjean avait tué quelqu'un. Que c'était un meurtrier. Jean Valjean était un homme bien, celui qu'il avait tué l'avait sûrement mérité. Oui, c'était ainsi. Jean Valjean avait tué quelqu'un qui avait commis une faute et devait en payer le prix. Cette histoire de pain volé ne faisait que m'agacer. Je réécrivis par conséquent l'histoire. L'améliorai.

Donc : Jean Valjean était un assassin mortellement dangereux recherché dans la France entière. Et il était amoureux de Fantine, la pauvre putain. Si amoureux qu'il aurait fait n'importe quoi pour elle. Tout ce qu'il faisait pour elle, il le faisait par amour, par folie, par vénération, pas pour le salut de sa propre âme éternelle ou par amour de l'humanité. Il se soumettait à la beauté. Oui, c'est ce qu'il faisait. Se soumettait et obéissait à la beauté de cette putain dépravée, malade, mourante, sans dents ni cheveux. Il voyait la beauté là où d'autres ne pouvaient l'apercevoir. Et cette beauté n'était donc qu'à lui. Et lui à elle.

La fièvre n'avait commencé à baisser qu'au bout de dix jours. Qui, pour moi, s'étaient écoulés comme une seule journée, et à mon retour, maman, assise au bord du lit, m'avait caressé le front, pleurant un peu et me racontant combien c'était passé près.

Je lui racontai que j'étais allé quelque part où je voulais retourner.

« Non, il ne faut pas dire ça, Olav chéri ! »

Je vis ce qu'elle pensait. Elle avait elle-même cet endroit où elle voulait toujours retourner, où elle voyageait par bouteille à la mer.

« Mais je ne veux pas mourir, maman. Je veux juste inventer, écrire. »

18

Je m'étais hissé sur les genoux, les deux mains autour du pistolet.

Comme au ralenti, je vis Pine et Hoffmann se retourner.

Je tirai dans le dos de Pine, donnant de l'élan à la pirouette qu'il avait commencée. Deux balles. Des plumes blanches volaient hors de son blouson marron, dansaient en l'air, comme de la neige. Il avait eu le temps de dégager son pistolet des pans de son blouson, mais ne parvint pas à lever le bras. Les balles atteignaient le sol, les murs, pour ricocher en hurlant dans la salle de pierre. Klein avait ôté le couvercle du cercueil à côté de moi, mais était resté couché. N'aimait sans doute pas ce temps d'averses. Le Danois était sorti et visait Hoffmann, or comme ils avaient placé son cercueil dans la largeur de la pièce, je me trouvais dans sa ligne de mire juste derrière Hoffmann. Je reculai tout en tournant mon pistolet vers ce dernier. Il fut d'une rapidité stupéfiante. Il plongea en travers du cercueil, droit sur la gamine, qu'il entraîna avec lui dans sa chute vers le mur latéral, derrière les autres membres de la famille, qui se tenaient figés comme des statues de sel, les mâchoires décrochées.

Pine se trouvait sous la table où était posé le cercueil de Benjamin Hoffmann, la main au pistolet tendue avec raideur, comme une jauge à huile dont il n'avait plus le contrôle, qui tourbillonnait en lâchant des balles au hasard. Sang et moelle épinière. Pistolet Glock. Des balles à foison. Juste une question de temps avant qu'il touche quelque chose. Je lui logeai une autre balle. Donnai un coup de pied dans le cercueil de Klein tout en brandissant de nouveau mon pistolet vers Hoffmann. Le trouvai dans ma visée. Il était assis par terre, dos au mur, avec la gamine sur les genoux, la tenait fermement, avec le bras autour de sa cage thoracique fluette. Dans l'autre main, il avait un pistolet braqué contre sa tempe. Elle était parfaitement immobile, se contentait de me regarder d'un regard brun, sans ciller.

« Erik… » C'était la sœur. Elle regardait son frère, mais parlait à son mari.

Et l'homme à la coupe de cheveux yin yang réagit enfin. Fit un pas mal assuré vers son beau-frère.

« N'approche pas davantage, Erik, dit Daniel. Ces gens n'en ont pas après vous. »

Mais Erik ne s'arrêta pas, il avançait d'un pas lourd, comme un zombie.

« Bon Dieu ! » s'écria le Danois en manœuvrant avec acharnement son pistolet. Erreur fonctionnelle. Balle coincée quelque part. Putain d'amateur.

« Erik ! » répéta Daniel en braquant le pistolet sur son beau-frère.

Le père tendait les bras vers sa fille. S'humecta les lèvres.

« Bertine… »

Daniel fit feu. Son beau-frère courba le dos. Avait dû être touché au ventre.

« Sortez de là, ou je descends la fille ! » beugla Daniel Hoffmann.

J'entendais respirer péniblement à côté de moi. C'était Klein, il s'était redressé en position debout et avait levé son fusil à canon scié devant lui, vers Hoffmann. Mais la table et le cercueil de Hoffmann junior lui faisaient obstacle, il dut donc avancer d'un pas pour avoir une ligne de tir propre.

« Dégagez ! Je la tue ! » Daniel Hoffmann criait d'une voix de fausset maintenant.

Le fusil pointait vers le bas, à un angle de quarante-cinq degrés environ, tandis que Klein se penchait en arrière, s'éloignait du fusil, comme s'il craignait qu'il ne lui explose au visage.

« Non ! m'exclamai-je. Non, Klein ! »

Je le vis commencer à cligner des yeux, comme on le fait quand on sait que ça va péter sous peu, mais pas quand exactement.

« Sir ! me récriai-je en essayant d'établir un contact visuel avec Hoffmann. Sir ! Éloignez la fille, s'il vous plaît ! »

Hoffmann me scruta, comme pour me demander pour qui je le prenais, un imbécile ?

Bordel, ça ne pouvait pas se passer comme ça. J'eus le temps de faire un pas vers Klein.

La détonation me vrilla les oreilles. Un petit nuage de fumée s'éleva vers le plafond. Canon court, diffusion large.

Le chemisier blanc de la fille se dota de pois rouges, elle avait un côté du cou lacéré et le visage de Daniel Hoffmann semblait en proie aux flammes. Mais tous deux étaient vivants. Tandis que le pistolet de Hoffmann valsait sur le béton, Klein se pencha au-dessus de la table et étira entièrement le bras de façon que le canon se trouve sur l'épaule de la fille et que la bouche du canon effleure le nez de Hoffmann, qui essayait désespérément de se cacher derrière elle.

Il fit feu encore une fois. La charge emporta la face de Hoffmann à l'intérieur de sa tête.

Klein se retourna vers moi avec une face démente, exaltée. « Et une pièce, une ! C'était une pièce pour toi, espèce de salaud ? »

Bien que sachant qu'il ne contenait plus que deux cartouches vides, je me tenais prêt à tirer dans la tête de Klein s'il levait son fusil dans ma direction. Je jetai un coup d'œil sur Hoffmann. Il avait la tête enfoncée en son milieu, comme une pomme tombée de l'arbre qui aurait pourri de l'intérieur. Il était expédié. Et alors ? De toute manière, il allait mourir. De toute manière, nous allions tous mourir. Mais je lui avais en tout cas survécu.

J'empoignai la fille, saisis l'écharpe en cachemire de Hoffmann, tirai pour l'enlever et en bandai le cou de la gamine dont le sang giclait à flots. Elle continuait de me fixer avec des pupilles lui remplissant entièrement les yeux. N'avait pas dit un mot. J'envoyai le Danois dans la montée d'escalier vérifier que personne ne venait, tandis que j'obtenais que la grand-mère appuie sa main sur le trou dans le cou de sa petite-fille pour stopper le plus gros de l'hémorragie. Vis Klein enfoncer deux autres cartouches dans son putain d'outil. Je n'avais pas lâché mon pistolet.

La sœur était couchée sur les genoux à côté de son mari, qui poussait un ululement bas et monotone, les mains jointes sur son ventre. L'acide gastrique dans une plaie est paraît-il un enfer, mais je gageais qu'il vivrait. Mais la gamine… Merde, quoi. Qu'avait-elle fait à qui que ce soit ?

« Qu'est-ce qu'on fait, maintenant ? demanda le Danois.

— Pas de bruit et on attend », répondis-je.

Klein souffla par le nez. « Attend quoi ? Les flics ?

— Attend d'entendre une voiture démarrer et s'en aller. » Je me souvenais du regard tranquille, concentré sous la toque en peau d'ours. Je pouvais toujours espérer qu'il n'était pas trop enthousiaste dans le service.

« Le fossoyeur a…

— La ferme ! »

Klein me dévisagea. Le canon de son fusil bascula légèrement vers le haut. Jusqu'à ce qu'il remarque où pointait mon pistolet. Le canon de son fusil bascula vers le bas. Et il la ferma.

Mais ce n'était pas le cas de tout le monde. Les mots venaient de sous la table.

« Putain, putain, putain, putain de bordel de merde… »

Je crus un instant que le type était mort, que c'était juste son clapet qui refusait de s'arrêter, comme le corps d'un serpent sectionné en son milieu, qui peut ensuite continuer de se rétracter vingt-quatre heures durant, ai-je lu.

« Allez, allez, allez, putain de bordel de merde de chatte de ta mère de chier de con. »

Je m'accroupis à côté de lui.

La question de savoir ce qui avait valu à Pine son surnom était source de débat. D'aucuns estimaient que c'étaient les sens norvégiens du mot, douleur, torturer, car, quand ses nanas ne faisaient pas leur travail, il savait précisément où planter son couteau, des endroits où la douleur était plus grande que la blessure, où les cicatrices ne gâtaient pas la marchandise outre mesure. D'autres disaient que c'était « pine » comme l'anglais pour pin, parce qu'il avait de longues jambes. Au vu de la situation actuelle, Pine allait emporter son secret avec lui.

« Oh, vingt dieux ce que ça aaaaaah ! fait mal, putain, Olav.

— Ça n'a pas l'air parti pour durer longtemps, Pine.

— Non ? Merde. Tu me donnes le clope ? »

Je pris la cigarette derrière son oreille et la glissai entre ses lèvres tremblantes. Le clope faisait des bonds, mais il réussit à le garder.

« F-f-feu ?? demanda-t-il en claquant des dents.

— Désolé, j'ai arrêté.

— T'es malin, mec. Comme ça, tu vivras plus longtemps.

— Aucune garantie.

— Non, merde, c'est clair. Tu pourrais traverser sous le nez d'une voiture demain. »

J'acquiesçai. « Qui est dehors ?

— Je trouve que tu as le front m-moite, moi, Olav. Trop habillé ou stressé ?

— Réponds.

— Et qu'est-ce que tu me donnes pour l'in-info, 'lors ?

— Dix millions de couronnes non imposables. Ou du feu pour ta cigarette. Au choix. »

Pine rit. Toussa. « Juste le Russe. Mais je crois qu'il est bon. Militaire professionnel, un machin comme ça. Je sais pas, il parle pas beaucoup, le pauvre.

— Armes ?

— Et comment.

— Qu'est-ce que ça veut dire ? Des trucs automatiques ?

— Qu'est-ce qu'elle devient cette allumette ?

— Ça viendra après, Pine.

— Un peu de miséricorde sur la fin, Olav. » Il toussa du sang sur ma chemise blanche. « Tu dormiras mieux, tu sais.

— Comme tu as mieux dormi la fois où tu avais forcé la fille sourde-muette à faire la pute pour rembourser la dette de son mec ? »

Pine cligna des yeux. Il avait le regard si singulièrement limpide, comme si quelque chose avait décollé.

« Ah, elle, fit-il tout bas.

— Elle, oui.

— Mais là, je crois que tu as ma-ma-mal compris, Olav.

— Ah bon ?

— Oui. C'est elle qui est venue me voir. C'est *elle* qui voulait payer la dette.

— Elle ? »

Pine hocha la tête. Il avait presque l'air de récupérer. « J'avais en fait dit non. Je veux dire, l'était pas spécialement belle, et qui est-ce qui veut payer pour une fille qui peut pas entendre ce que tu lui demandes ? J'ai dit oui uniquement parce qu'elle insistait. Mais c'est clair qu'une fois qu'elle l'avait endossée, la dette était à elle. Non ? »

Je ne répondis pas. N'avais pas de réponse. Merde, alors. Quelqu'un avait réinventé mon histoire. La mienne était mieux.

« Hé, le Danois ! lançai-je vers la porte. T'as du feu ? »

Sans quitter l'escalier du regard, il passa son pistolet dans sa main gauche et pêcha un briquet de la droite. Nous sommes de curieux êtres d'habitudes. Me l'envoya. Je l'attrapai au vol. L'âpre bruit de frottement. J'avançai la flamme jaune vers la cigarette. Attendis qu'elle soit aspirée dans le tabac, mais elle resta immobile, toute droite. Je la gardai là un moment, puis je levai le pouce, le briquet se referma, la flamme avait disparu.

Je regardai autour de moi. Sang et gémissements. Tout le monde s'occupait de ses affaires. Sauf Klein, qui s'occupait des miennes. Je croisai son regard.

« Tu y vas en premier, annonçai-je.

— Hein ?

— Tu montes l'escalier en premier.

— Pourquoi ?

— Qu'est-ce que tu veux que je te dise ? Parce que tu as le fusil ?

— Tu peux prendre le fusil.

— Ce n'est pas pour ça. C'est parce que je te dis d'y aller en premier. Je ne veux pas t'avoir derrière moi.

— Qu'est-ce que c'est que ce bordel ? Tu ne me fais pas confiance, ou quoi ?

— Je te fais suffisamment confiance pour que tu puisses y aller en premier. » Je ne me donnai même pas la peine de faire semblant de ne pas le viser avec le pistolet. « Le Danois ! Pousse-toi, Klein va sortir. »

Klein me dévisagea longuement. « Je te le revaudrai, Johansen. »

Il ôta ses chaussures, rejoignit prestement la montée d'escalier à l'éclairage sombre, se glissa dos voûté sur les marches de pierre.

Nous le suivîmes du regard. Le vîmes s'arrêter et, en un seul mouvement, s'étirer de façon à faire dépasser sa tête du sommet de l'escalier, puis se recroqueviller de nouveau. N'avait manifestement vu personne, car il se redressa et continua d'avancer sur la pointe des pieds en tenant son fusildes deux mains à hauteur de poitrine comme un foutu guitariste de l'Armée du salut. S'arrêta au sommet de l'escalier et se retourna vers nous, nous fit signe de le suivre.

Je retins le Danois.

« Attends un peu », chuchotai-je. Comptai jusqu'à deux.

À un et demi vint la salve de tirs.

Elle s'empara de Klein et le souleva par-dessus le bord de l'escalier.

Il heurta les marches à mi-chemin et glissa vers nous, si mort déjà qu'il n'avait plus le moindre tonus musculaire dans le corps, plana vers le bas sous l'effet de la gravité, comme une pièce de boucherie ondulant encore de son récent abattage.

« Ça alors, c'est… », murmura le Danois en fixant le cadavre qui gisait à nos pieds.

« Hé ! » criai-je. Ma salutation fut projetée entre les murs comme si on y répondait. « Your boss is dead ! Job is over ! Go back to Russia ! No one is gonna pay for any more work here today[1] ! »

J'attendis. Chuchotai au Danois d'aller chercher des clefs de voiture sur Pine. Il me les apporta et je les lançai par-dessus l'escalier, de sorte qu'elles disparurent dans l'entrée.

1. Ton patron est mort ! Le boulot est terminé ! Rentre en Russie ! Personne ne va te payer pour quoi que ce soit d'autre ici aujourd'hui ! *(N.d.T.)*

« We are not coming out until we hear the car leaving[1] ! » criai-je.

Attendis.

Puis, une réponse en anglais petit nègre : « I don't know boss is dead. Maybe prisoner. Give me boss, I will leave and you will live.

— He is very dead ! Come down and see !

— Ha ha ! I want my boss come with me[2]. »

Je jetai un coup d'œil vers le Danois. « Qu'est-ce qu'on fait maintenant ? chuchota-t-il comme si c'était un putain de refrain.

— On lui coupe la tête, dis-je.

— Quoi ?

— Va dans la pièce couper la tête de Hoffmann. Pine a un couteau à dents de scie.

— Euh… lequel de Hoffmann ? »

Était-il demeuré ? « Daniel. Sa tête est notre billet de sortie, tu comprends ? »

Je vis qu'il ne comprenait pas. Mais il fit en tout cas ce que je disais.

Debout dans l'ouverture de la porte, je gardais un œil sur l'escalier tandis que j'entendais parler à voix basse à l'intérieur, tout semblait s'être apaisé. Je pris le risque de m'attarder sur mes réflexions. Comme de coutume dans les situations de stress, il s'agissait

1. On ne sortira pas avant d'avoir entendu la voiture partir ! *(N.d.T.)*

2. Je pas savoir que mon patron est mort. Peut-être prisonnier. Donnez-moi patron, je partirai et vous vivrez. – Il est très mort ! Descends voir ! – Ha ha ! Je veux mon patron venir avec moi. *(N.d.T.)*

de choses délirantes et inutilisables. Comme le fait que la veste de costume de Klein s'était retournée pendant sa descente, si bien que je pouvais voir sur l'étiquette à l'intérieur que c'était un costume de location, mais il était désormais percé de tant de trous qu'ils ne le reprendraient jamais. Que la logistique était malgré tout bonne pour les cadavres de Hoffmann, Pine et Klein, ils étaient déjà dans l'église et chacun avait son cercueil libre. Que j'avais obtenu des sièges un peu à l'avant des ailes de l'avion, avec une place près du hublot pour Corina, afin qu'elle puisse voir Paris quand nous amorcerions l'atterrissage. Puis quelques pensées un peu plus utiles. Que faisait le garçon avec notre van à cet instant précis ? Nous attendait-il encore sur la route en contrebas de l'église ? S'il avait entendu les tirs, il avait aussi entendu que les derniers provenaient d'un rifle automatique ne faisant pas partie de notre arsenal. Toujours une mauvaise nouvelle que le dernier tir que vous entendiez soit un tir ennemi. Il avait des ordres clairs, mais parviendrait-il à garder la tête froide ? D'autres dans le voisinage avaient-ils entendu les coups de feu ? Où dans le paysage se trouvait donc le fossoyeur ? Le travail avait largement excédé le temps prévu, combien de temps nous restait-il avant de *devoir* être dehors ?

Le Danois arriva à la porte. Il avait le visage blême. Mais moins que celui qui se trouvait sous les cheveux qu'il tenait à la main. Je constatai que c'était le bon Hoffmann et fis signe d'envoyer la tête en haut de l'escalier.

Le Danois entortilla les cheveux deux fois autour de sa main, prit son élan, fit tourner son bras sur le côté comme un joueur de bowling et lâcha. La tête fila vers le haut, cheveux au vent, mais avec un angle trop aigu, si bien qu'elle heurta le plafond, repartit vers l'escalier et revint en rebondissant avec de petits craquements secs, comme quand vous tapez votre cuiller sur un œuf dur.

« Je vais juste viser », marmonna le Danois, avant de saisir de nouveau la tête, de joindre les pieds, de fermer les yeux pour se concentrer, tout en inspirant à fond deux ou trois fois. Je compris que j'étais mentalement limite, là, parce que j'étais au bord d'éclater de rire. Puis il ouvrit les yeux, fit deux pas en avant, un moulinet avec le bras. Lâcha. Quatre kilos cinq de crâne humain esquissèrent une jolie courbe jusqu'au sommet de l'escalier, heurtèrent le sol, et nous les entendîmes rebondir et rouler dans l'entrée.

Le Danois se retourna vers moi avec un sourire triomphal, mais sans rien dire.

Nous attendîmes. Et attendîmes.

Puis une voiture démarra. Vrombit. Le levier de vitesse produisit un vilain rot. Marche arrière. Nouveau rot. Surrégime en première. Un chauffeur qui n'était pas accoutumé à sa voiture s'en alla.

Je regardai le Danois. Il gonfla les joues et relâcha l'air en secouant la main droite comme s'il venait de toucher quelque chose de chaud.

J'écoutai. Écoutai bien. C'était comme si je pouvais le sentir avant de l'entendre. Des sirènes de police. Elles portaient bien dans l'air froid. Pouvait encore s'écouler un bon moment avant qu'ils débarquent.

Je lançai un coup d'œil derrière moi. Trouvai la gamine sur les genoux de sa grand-mère. Il était impossible de dire si elle respirait, mais à en juger par son teint, elle était vidée de son sang. Je devais m'efforcer de ne pas y penser maintenant. Avant de partir, j'absorbai la pièce entière. La famille, la mort, le sang. Cela me rappelait une photo. Trois hyènes et un zèbre au ventre ouvert.

19

Ce n'est pas vrai que je ne me souviens pas de ce que je lui disais dans le T-bane. Je ne me rappelle plus si j'ai dit que je ne m'en souvenais *pas*, mais j'avais pensé le dire. Et donc, je m'en souviens. Je lui disais que je l'aimais. Juste pour sentir quel effet cela faisait de le dire à quelqu'un. Comme de tirer sur des cibles en forme de torses humains ; ce n'est évidemment pas pareil, mais ce n'est tout de même pas la même chose que de tirer sur des cibles rondes ordinaires. Je ne le pensais pas, aussi peu que je pensais tuer les gens des cibles-torses. C'était de l'entraînement. De l'acclimatation. Un jour, j'en viendrais peut-être à rencontrer une femme que j'aimerais et qui m'aimerait, et il serait alors bon que les mots ne se contentent pas de rester coincés dans ma gorge. Je n'avais pas encore *dit* à Corina que je l'aimais. Pas à haute voix, pas comme ça, sincèrement, sans possibilité de retraite, en me lâchant, en laissant juste l'écho remplir la pièce, absorber le silence jusqu'à ce qu'il ait besoin de tant de place que les murs s'en trouveraient repoussés. Je ne l'avais dit qu'à Maria à l'endroit précis où les rails se rencontrent. Ou se séparent. Mais l'idée que j'allais bientôt le dire à Corina me donnait le sentiment que mon cœur allait exploser. Allais-je le dire ce soir ? Dans l'avion pour Paris ? À l'hôtel à Paris ? Pendant le dîner, peut-être ? Oui, ce serait parfait !

C'est ce à quoi je réfléchissais quand le Danois et moi sortîmes de l'église et pénétrâmes dans cet air d'hiver humide et froid qui, jusqu'à ce que la glace se dépose sur le fjord, a un goût de sel marin. Les sirènes de police pouvaient tout juste s'entendre maintenant, elles venaient et disparaissaient comme une station de radio mal réglée, pour l'heure si lointaines qu'il était impossible de déterminer leur origine.

Je vis les phares avant du fourgon noir sur la route en contrebas de l'église.

Je marchais sur les plaques de verglas à petits pas rapides, genoux légèrement pliés. C'est une chose qu'on apprend quand on est petit en Norvège. Peut-être moins tôt au Danemark, ils n'ont pas autant de neige et de glace, et j'avais le sentiment que le Danois se laissait distancer. Mais ce n'était pas certain, le Danois avait peut-être posé les pieds sur plus de verglas que moi. Nous en savons si peu les uns sur les autres. Nous voyons un visage rond, sympathique, un sourire ouvert et entendons de joviaux mots danois que nous ne comprenons pas toujours et puis nous nous inventons un récit autour de saucisses danoises, de bière danoise, de soleil danois et de la lente vie tranquille dans cette plate campagne là-bas, dans le Sud. Et c'est si agréable que nous en baissons la garde. Mais qu'en *savais*-je ? Le Danois en avait peut-être expédié davantage que je ne le ferais jamais. Et pourquoi cette réflexion me venait-elle maintenant ? Peut-être parce que j'avais brusquement le sentiment que, une fois encore, le temps attendait quelque chose, une nouvelle seconde confinée, qu'un ressort se tende.

J'allais me retourner, mais n'en eus pas le temps.

Je ne pouvais guère le lui reprocher. Je suis, comme je le disais, disposé à faire un certain nombre de détours pour être en position de tirer dans le dos d'une pièce armée.

La détonation résonna dans le cimetière.

Je ressentis la première balle comme une pression dans mon dos, et la suivante comme une gueule qui me mordait fortement la cuisse. Il avait tiré bas, tout comme je l'avais fait avec Benjamin. Je plongeai en avant. Me cognai le menton sur la poignée. Me retournai pour me retrouver les yeux dans la bouche du canon de son pistolet.

« Je suis navré, Olav, dit le Danois, et j'entendais que c'était vrai. Ce n'est pas du tout personnel. » Il avait tiré bas pour pouvoir me le dire.

« Bien joué de la part du Pêcheur, chuchotai-je. Il savait que je garderais Klein à l'œil, alors il t'a confié le boulot à toi.

— C'est sans doute exact, Olav.

— Mais pourquoi m'expédier ? »

Le Danois haussa les épaules. Les sirènes de police étaient calées maintenant.

« Ce doit être l'histoire habituelle, observai-je. Les patrons n'aiment pas que des gens qui ont du sérieux sur eux restent en vie. Toi aussi, tu devrais y penser, le Danois. Il faut savoir quand se tirer.

— Ce n'est pas pour ça, Olav.

— Je comprends. Le Pêcheur est un patron et les patrons ont peur des gens qui sont prêts à expédier leurs patrons. Ils croient que leur tour va venir.

— Ce n'est pas pour ça, Olav.

— Mais bon Dieu, tu ne vois pas que je suis en train de perdre tout mon sang, là, le Danois ! Puis-je échapper aux jeux de devinettes ? »

Le Danois s'éclaircit la voix. « Le Pêcheur a dit qu'il fallait être un homme d'affaires foutrement froid pour ne pas en vouloir à quelqu'un qui a expédié trois de tes propres hommes. »

Il me visa, son doigt se recourba sur la queue de détente.

« Sûr que tu n'as pas une balle coincée dans le chargeur ? » chuchotai-je.

Il fit un signe de tête.

« Un dernier souhait de Noël, le Danois. Pas dans le visage. S'il te plaît. »

Je vis qu'il hésitait. Puis il fit encore un signe. Abaissa légèrement le canon de son pistolet. Je fermai les yeux. Sentis les projectiles me percuter. Entendis les détonations. Deux balles de plomb. Placées là où les gens normaux ont un cœur.

20

Sa femme qui l'avait faite, avait-il dit. Pour le *Drame de Saint Olav*.

Des crochets de fer fixés les uns aux autres. Combien de milliers pouvait-il y en avoir ? J'estimais, comme je l'ai dit, avoir reçu quelque chose en échange de la part de la veuve. Une cotte de mailles. Pas étonnant que Pine ait trouvé que j'avais l'air en nage. J'étais vêtu comme un putain de roi saint sous mon costume et ma chemise.

La tunique de fer avait bien réceptionné les balles dans le dos et la poitrine. La situation était moins brillante du côté de la cuisse.

Je sentais mon sang gicler, tandis que, étendu immobile, je regardais les feux arrière du fourgon noir rougeoyer dans la nuit et disparaître. Puis j'essayai de me relever. J'allais m'évanouir, mais je parvins à me mettre sur mes deux jambes et à tituber vers la Volvo qui était garée devant la porte de l'église. Le chant des sirènes approchait chaque seconde un peu plus. Le chœur comptait au moins une ambulance. Le fossoyeur avait compris le tableau quand il les avait appelés. Peut-être parviendraient-ils à sauver la gamine. Peut-être pas. Peut-être parviendrais-je à me sauver, songeai-je en arrachant la portière de la Volvo. Peut-être pas.

Mais le beau-frère n'avait pas menti à sa femme, il avait laissé les clefs sur le contact.

Je me glissai derrière le volant et tournai la clef. Le moteur geignit avant d'abandonner la partie. Bordel, bordel. Je relâchai la clef et la tournai encore une fois. Nouveaux gémissements. Vas-y, quoi ! S'il y a un quelconque intérêt à fabriquer des bagnoles dans ce trou du cul de la neige, c'est pour qu'elles démarrent par quelques malheureux degrés au-dessous de zéro ! J'abattis la main sur le volant. Vis les gyrophares papilloter comme des aurores boréales dans le ciel d'hiver.

Là ! J'appuyai sur l'accélérateur. Relâchai l'embrayage et patinai dans la neige jusqu'à la couche de verglas, où les pneus cloutés trouvèrent prise et m'envoyèrent en dérapant vers le portail de l'église.

Je descendis quelques centaines de mètres sur les chemins bordés de villas avant de faire demi-tour et de repartir à allure d'escargot dans la direction de l'église. N'avais pas commencé ma remontée que je voyais les gyrophares dans le rétroviseur. Je mis docilement mon clignotant et me rangeai dans l'allée d'une villa.

Deux voitures de police et une ambulance passèrent. J'entendis qu'au moins une voiture de police était encore en route, et j'attendis. Pour découvrir que j'étais déjà venu ici. Merde, alors. C'était devant cette maison précise que j'avais expédié Benjamin Hoffmann.

Devant la fenêtre du salon étaient placés des ornements de Noël et des tuyaux en plastique imitant des chandelles. Versant une lueur de bonheur familial sur le bonhomme de neige dans le jardin. Le gamin y était donc parvenu. S'était aidé d'eau et de son père, peut-être. Leur bonhomme de neige était fait correctement. Muni d'un chapeau d'homme, d'un rictus en pierre absurde et de bras bâtons qui semblaient vouloir embrasser tout cet enculé de monde et ce qui s'y déroulait de cinglé.

La voiture de police passa, je reculai sur la route et quittai les lieux.

Par bonheur, il n'y avait pas d'autres voitures de police. Personne pour voir la Volvo qui essayait désespérément de rouler normalement, mais qui malgré tout – sans qu'on puisse mettre le doigt sur le pourquoi du comment – roulait différemment des autres voitures dans les rues d'Oslo en cette avant-veille de Noël.

Je me garai juste derrière la cabine téléphonique, éteignis le moteur. La jambe de mon pantalon et le revêtement du siège étaient imbibés de sang et j'avais le sentiment d'avoir dans la cuisse un cœur maléfique qui projetait du sang bestial noir, du sang sacrificiel, du sang satanique.

D'horreur, Corina écarquilla ses grands yeux bleus quand j'ouvris la porte et restai à vaciller sur le seuil.

« Olav ! Juste ciel, que s'est-il passé ?

— C'est fait. » Je claquai la porte derrière moi.

« Il… il est mort ?

— Oui. »

La pièce se mit peu à peu à tourner. Combien de sang avais-je perdu, au juste ? Beaucoup. Deux litres ? Non, j'avais lu que nous avons cinq, six litres de sang et que nous nous évanouissons si nous en perdons plus de vingt pour cent. Ce qui devrait faire autour de… merde. Moins de deux, en tout cas.

Je vis que son sac était sur le plancher du salon. Elle avait déjà plié ses affaires pour Paris, la même chose que ce qu'elle avait emporté de l'appartement de son mari. Ex-mari. J'en avais sûrement pris beaucoup trop. N'étais jamais allé plus loin que la Suède. Moi et ma mère, l'été de mes quatorze ans. Dans la voiture du voisin. À Göteborg, avant d'entrer dans le parc d'attractions de Liseberg, il m'avait demandé si ça me posait problème qu'il tente le coup avec ma mère. Le lendemain, ma mère et moi étions repartis en train. Elle m'avait caressé la joue, dit que j'étais son chevalier, le seul chevalier qui restait dans le monde entier. L'accent de fausseté que je décelai dans sa voix était sans doute à imputer au fait que j'étais très perturbé par tout ce monde adulte malade. Car, comme je l'ai dit, je n'ai pas de sens musical, je n'ai jamais pu distinguer une fausse note d'une note juste.

« Qu'y a-t-il sur ton pantalon, Olav, est-ce… du sang ? Juste ciel, mais tu es blessé ! Que s'est-il passé ? » Elle avait l'air si désorientée et agitée que je ne pus m'empêcher de rire. Elle me regarda, incrédule, presque en colère. « Qu'est-ce qu'il y a ? Tu trouves ça drôle d'être là à saigner comme un porc ? Où es-tu touché ?

— À la cuisse, juste.

— Juste ? Si l'artère est abîmée, tu seras bientôt vidé, Olav ! Enlève ce pantalon et assieds-toi sur la chaise de cuisine. »

Elle enleva le manteau qu'elle portait à mon arrivée et se rendit dans la salle de bains.

En ressortit avec bandages, pansements, iode et tout le tremblement.

« Il faut que je recouse, déclara-t-elle.

— D'accord », dis-je en appuyant la tête contre le mur et en fermant les yeux.

Elle entreprit de nettoyer la plaie et essaya d'arrêter l'hémorragie. Elle commentait pendant qu'elle œuvrait, expliquait qu'elle me rapiéçait provisoirement, quoi. Que la balle se trouvait quelque part là-dedans, mais qu'il lui était impossible d'y faire quelque chose tout de suite.

« Où as-tu appris ça ? lui demandai-je.

— Chut et ne bouge pas, sinon les points vont lâcher.

— Tu es une vraie infirmière.

— Tu n'es pas le premier à avoir une balle dans le corps.

— Ah bon », fis-je, avec une intonation descendante. Comme un constat, donc, pas une question. Car ce n'était pas urgent, nous aurions tout notre temps pour ce genre de récits. J'ouvris les yeux et vis son cuir chevelu alors qu'elle se tenait agenouillée devant moi. Humai son odeur. Il y avait quelque chose de différent, quelque chose qui se mêlait à la bonne odeur qui était Corina tout contre moi, Corina nue et excitée, Corina en nage sur mon bras. Pas beaucoup, juste un soupçon de quelque chose, une odeur ammoniaquée presque pas présente, mais présente quand même. Évidemment. Ce n'était pas elle, c'était moi. Je sentais ma propre plaie. J'étais infecté, avais déjà commencé à me putréfier.

« Voilà », fit-elle en coupant le fil à coudre avec ses dents.

Je la scrutai. Son chemisier avait glissé sur une épaule et elle avait un hématome sur le côté du cou. Je ne l'avais pas remarqué avant, c'était Benjamin Hoffmann qui avait dû le lui faire. Je voulais lui dire quelque chose, quelque chose sur le fait que cela ne se reproduirait jamais, que personne ne pourrait jamais lever de nouveau la main sur elle. Mais le moment était mal choisi. On ne garantit pas à une femme qu'elle est en sûreté avec soi au moment précis où elle est en train de vous recoudre pour éviter que vous ne lui échappiez en perdant tout votre sang.

Elle lava le sang avec une serviette trempée dans de l'eau tiède et enroula de la gaze autour de ma cuisse.

« On dirait que tu as de la fièvre, Olav. Va au lit maintenant. »

Elle m'ôta ma veste et ma chemise. Regarda fixement la cotte de mailles. « Qu'est-ce que c'est ?

— Du fer. »

Elle m'aida à l'enlever, passa son doigt sur les bleus laissés par les balles du Danois. Tendrement. Fascinée. Les embrassa. Et quand je me retrouvai dans le lit et sentis venir les spasmes de froid tandis qu'elle me bordait avec la couette, c'était exactement comme cette fois-là dans le lit de maman. Je n'avais presque plus mal. Et c'était comme si je pouvais m'échapper de tout, comme si cela ne dépendait pas de moi, j'étais un bateau sur un fleuve, et c'était le fleuve qui décidait. Le destin, la destination étaient donnés. Le reste était le voyage, le temps et ce que vous voyiez et viviez sur la rive. La vie est simple si seulement on est suffisamment malade.

Je glissai dans un monde onirique.

Elle me portait sur ses épaules, courait en faisant gicler le liquide autour de ses pieds. Il faisait sombre et cela puait le cloaque, l'ammoniac, les blessures infectées et le parfum. Dans les rues au-dessus de nous, on entendait des tirs et des cris, et des rais de lumière passaient à travers les trous des plaques d'égout. Mais on ne pouvait l'arrêter, elle était courageuse, forte. Suffisamment forte pour nous deux. Et elle connaissait le chemin pour sortir de là, car elle y était déjà passée. Ainsi le voulait l'histoire. Elle s'arrêtait à un croisement de conduits, me déposait, disait qu'elle devait faire un peu de reconnaissance, qu'elle n'allait pas tarder. Et je restais là sur le dos, entendant le bruissement des rats autour de moi tandis que je regardais la lune entre les barreaux de la plaque d'égout. Là-haut, des gouttes s'accrochaient au motif quadrillé, tournaient, scintillaient au clair de lune. Des gouttes rouges, luisantes, grasses. Elles lâchaient prise et filaient vers moi. M'atteignaient à la poitrine. Allaient droit à travers la cotte et entraient là où se trouvait le cœur. Chaudes, froides. Chaudes, froides. L'odeur…

J'ouvris les yeux.

Prononçai son nom. Personne ne répondit.

« Corina ? »

Je me redressai sur le matelas. J'avais la cuisse qui battait et lançait. Je repoussai laborieusement mon pied hors du lit et allumai la lumière. Sursautai. Ma cuisse avait grossi au point que c'en était presque effrayant, on aurait dit que la plaie n'avait fait que continuer de saigner, mais que tout le sang s'était accumulé sous la peau et le bandage.

Dans le clair de lune, je vis son sac au milieu du salon. Mais son manteau avait disparu du fauteuil. Je me mis sur mes jambes et claudiquai jusqu'au plan de travail de la cuisine. Ouvris le tiroir, soulevai la boîte à couverts.

Les feuilles y étaient toujours, dans leur enveloppe, intactes.

J'emportai l'enveloppe à la fenêtre. Le thermomètre à l'extérieur de la vitre indiquait que la température continuait de chuter.

Je regardai en bas.

Elle était là. Était juste sortie faire un tour.

Elle se tenait dans la cabine téléphonique, recroquevillée, le dos tourné à la rue et le combiné appuyé sur l'oreille.

Je lui fis signe même si je savais qu'elle ne pouvait pas me voir.

Bordel, ce que cette cuisse me faisait mal !

Puis elle raccrocha. Je reculai d'un pas pour ne pas être dans la lumière. Elle sortit de la cabine et je pouvais la voir lever les yeux vers moi. Je restai parfaitement immobile, et elle aussi. Quelques flocons de neige voletaient dans l'air. Puis elle se mit à marcher. Posait les pieds cou-de-pied tendu, plaçait le second pied contre le premier. Comme une funambule. Traversait la rue vers moi. Je voyais les traces dans la neige. Des traces de chat. Les pattes arrière dans la même trace que les pattes de devant. La lumière oblique du lampadaire faisait que le bord des empreintes projetait une petite ombre. Il en faut si peu. Si peu…

Quand elle se faufila dans l'appartement, j'étais de nouveau au lit, paupières closes.

Elle ôta son manteau. J'avais espéré qu'elle ôterait le reste aussi, se glisserait dans le lit auprès de moi. Me tiendrait un moment. Juste ça. La petite monnaie, c'est de la monnaie aussi. Car je savais maintenant qu'elle n'allait pas me soulever et me porter à travers les égouts. Elle n'allait pas me sauver. Et nous n'irions pas à Paris.

Au lieu de venir dans le lit, elle s'assit sur le fauteuil dans le noir.

Elle veillait. Attendait.

« Il va venir dans longtemps ? » demandai-je.

Je la vis sursauter dans son fauteuil. « Tu es réveillé. »

Je répétai ma question.

« De qui parles-tu, Olav ?

— Du Pêcheur.

— Tu as de la fièvre. Essaie de dormir maintenant.

— C'est lui que tu as appelé de la cabine.

— Olav…

— Je veux juste savoir combien de temps il me reste. »

Elle se tenait la tête penchée en avant, si bien que son visage se trouvait dans l'ombre. Quand elle parla de nouveau, c'était avec une voix autre, neuve. Une voix plus dure. Et cependant. Même à mes oreilles les notes sonnaient plus juste. « Vingt minutes, peut-être.

— Bien.

— Comment savais-tu…

— Ammoniac. Raie.

— Comment ?

— L'odeur d'ammoniac, elle reste dans la peau quand on a été en contact avec de la raie, surtout avant que le poisson ait été traité. Il est écrit quelque part que c'est parce que l'urée est stockée dans la chair de la raie, tout comme chez les requins. Mais qu'en sais-je ? »

Corina me regarda avec un sourire absent. « Je comprends. »

Nouvelle pause.

« Olav ?

— Oui.

— Ce n'est pas…

— Personnel ?

— Exactement. »

Je sentis les points se déchirer. Une puanteur d'inflammation et d'exsudat. Je mis la main sur ma cuisse. La gaze était totalement saturée. Et la pression restait haute, encore beaucoup qui voulait sortir.

« Qu'est-ce que c'est alors ? »

Elle soupira. « C'est important ?

— J'aime les récits, expliquai-je. J'ai vingt minutes.

— Il n'est pas question de toi, mais de moi.

— Et de quoi es-tu question ?

— De quoi je suis question ?

— Daniel Hoffmann était mourant. Tu le savais, n'est-ce pas ? Que Benjamin Hoffmann allait lui succéder. »

Elle haussa les épaules. « Voilà donc comme je suis, alors.

— Une personne qui sans mauvaise conscience trahit ceux qu'elle doit trahir pour suivre l'argent et le pouvoir ? »

Corina se leva dans un mouvement brusque, alla à la fenêtre. Regarda la rue. S'alluma une cigarette.

« À part le truc de la mauvaise conscience, c'est probablement exact. »

Je tendis l'oreille. Le silence régnait. Je me rendis compte que nous avions passé minuit, que c'était la veille de Noël.

« Tu l'as simplement appelé ? demandai-je.

— Je suis allée à son magasin.

— Et il t'a reçue ? »

Je vis la silhouette de sa bouche en cœur contre la

fenêtre quand elle souffla la fumée. « C'est un homme. Comme tous les autres. »

Je pensais aux ombres derrière la vitre bosselée. L'hématome sur son cou. Il était frais. À quel point pouvait-on être aveugle ? Les coups. La soumission. L'avilissement. C'était ce qu'elle voulait.

« Le Pêcheur est un homme marié. Donc que t'a-t-il proposé ? »

Elle haussa les épaules. « Rien. Pour l'instant. Mais il le fera. »

Elle avait raison. La beauté triomphe de tout.

« Quand tu as semblé sous le choc à mon retour, ce n'était pas parce que j'étais blessé, mais parce que j'étais en vie.

— C'était les deux. Ne va pas croire que j'étais totalement dépourvue de sentiments à ton égard, Olav. Tu étais un bon amant. » Elle eut un petit rire. « J'ai d'abord cru que tu ne l'avais pas en toi.

— Quoi donc ? »

Elle se contenta de sourire. Tira fort sur sa cigarette. La braise rougeoyait dans le clair-obscur de la fenêtre. Et je me fis la réflexion que si des passants levaient les yeux à ce moment précis, ils croiraient peut-être voir un tube en plastique qui imitait le confort du foyer, le bonheur familial, l'ambiance de Noel. Et ils se diraient peut-être ces gens là-haut, ils ont tout ce que j'aurais voulu avoir. Ils mènent le genre de vie qu'on est en fait censé vivre. Je ne sais pas. Je sais juste que c'est ce que, moi, je me serais dit.

« Avais quoi en moi ? répétai-je.

— Eh bien, le maître. Mon roi.

— Mon roi ?

— Oui. » Elle rit. « À un moment, j'ai cru que j'allais devoir t'arrêter.

— De quoi parles-tu ?

— De ça. »

Elle baissa son chemisier sur son épaule, pointa le doigt sur l'hématome.

« Ce n'est pas moi qui ai fait ça. »

Elle arrêta sa cigarette à mi-chemin de sa bouche, me jaugea avec incrédulité.

« *Non ?* Tu crois que je me le suis fait toute seule ?

— Ce n'est pas moi, je te dis ! »

Elle eut un rire doux. « Allez, Olav, il n'y a pas de honte.

— Je ne frappe pas les femmes !

— Non, pour ça, tu t'es fait prier, reconnaissons-le. Mais étrangler, ça t'a plu. Une fois que je t'avais lancé, ça te plaisait *vraiment*.

— Non ! » J'appuyai les mains sur mes oreilles. Je voyais sa bouche remuer, mais n'entendais rien. Il n'y avait rien à entendre. Car ce n'était pas ça, l'histoire. Ne l'avait jamais été.

Mais sa bouche continuait de faire des formes. Comme une anémone de mer, dont j'ai appris un jour qu'elles ont la bouche comme anus et inversement. Pourquoi parlait-elle, que voulait-elle ? Qu'est-ce qu'ils voulaient, tous ? J'étais un sourd-muet maintenant, je n'avais plus d'appareil pour interpréter les ondes sonores qu'ils, les gens normaux, produisaient sans discontinuer, des ondes qui passaient sur le récif corallien et disparaissaient. Je fixais un monde qui ne faisait pas sens, était sans cohésion, n'était que vécu désespéré de la vie que chacun de nous se voit attribuer, satisfaction compulsive de tout désir maladif, atténuation de l'angoisse de la solitude et combat mortel qui commence sitôt que nous savons être périssables. Je comprenais maintenant ce qu'elle avait voulu dire. Ce. Sera. Tout ?

J'attrapai le pantalon sur la chaise à côté du lit, l'enfilai. L'une des jambes était raide de sang et de pus. Me poussai hors du lit, traînai ma jambe derrière moi dans la pièce.

Corina ne bougea pas.

Je me penchai au-dessus de mes chaussures, sentis venir la nausée, les mis. Puis mon manteau. J'avais mon passeport et les billets pour Paris dans ma poche intérieure.

« Tu ne réussiras pas à aller loin », dit-elle.

Les clefs de la Volvo dans la poche de pantalon.

« Ta plaie s'est rouverte, regarde-toi. »

J'ouvris la porte et sortis sur le palier. Attrapai la rampe et m'y appuyai avec les deux avant-bras dans la descente, pendant que je songeais au petit mâle araignée en rut qui avait compris un peu trop tard que l'heure des visites était passée.

Arrivé dehors, j'avais déjà du sang qui clapotait dans ma chaussure.

Je visai la voiture. Les sirènes de police. Elles avaient été là tout le temps. Comme de lointains hurlements de loups entre les collines enneigées qui ceignaient Oslo. Montant, descendant, traquant l'odeur du sang.

Cette fois, la Volvo démarra tout de suite.

Je savais où j'allais, mais on aurait dit que les rues perdaient forme et direction, devenaient des tentacules de méduses s'agitant mollement et je devais pour les suivre virer ici, virer là. Se reconnaître dans cette nouvelle ville en caoutchouc où rien ne voulait rester tranquille était malaisé. Je vis un feu rouge et ralentis. Essayai de m'orienter. Dus m'endormir, car je sursautai au coup de klaxon d'une voiture derrière moi et vis que le feu était vert. Mis les gaz. Où étais-je, s'agissait-il toujours d'Oslo ?

Ma mère n'a jamais rien dit au sujet du meurtre de mon père. C'était comme s'il ne s'était jamais produit. Et ça m'allait. Et puis, un jour, quatre ou cinq ans plus tard, alors que nous étions à la table de la cuisine, elle m'a soudain demandé : « Quand crois-tu qu'il reviendra ?

— Qui ?

— Ton père. » Elle regardait à travers moi, au-delà de moi, les yeux vagues. « Il est parti depuis longtemps maintenant. Je me demande où il est allé, cette fois ?

— Il ne va pas revenir, maman.

— Bien sûr que si, il revient toujours. » Elle a soulevé de nouveau son verre. « Il m'aime, tu comprends. Et il t'aime, toi.

— Maman, tu m'as toi-même aidé à le porter… »

Elle a reposé son verre en l'abattant sur la table et le gin a débordé.

« Et alors, a-t-elle dit sans un soupçon de trouble dans sa diction, en vissant son regard dans le mien. Seule une horrible personne me l'enlèverait, tu n'es pas d'accord ? »

Elle a étalé l'alcool brillant sur la toile cirée d'une main, continué de la frotter, on aurait dit qu'elle essayait d'effacer quelque chose. Je ne savais que dire. Elle s'était fait son histoire. Moi la mienne. Je pouvais difficilement me mettre à plonger dans l'étang à Nittedal pour voir lequel de nous deux avait la version la plus vraie. Je n'ai donc rien dit.

Mais savoir qu'elle pouvait aimer un homme qui la traitait ainsi ne me racontait qu'une chose sur l'amour.

Non, d'ailleurs.

Ce n'était pas le cas.

Cela ne me racontait *rien* sur l'amour.

Ensuite, nous n'avons plus jamais reparlé de mon père.

Je virais pour suivre la route, la suivais d'aussi près que je pouvais, mais on aurait dit qu'elle cherchait à m'éjecter, gîtait pour que la voiture et moi glissions vers les façades des immeubles ou vers l'avant des voitures qui arrivaient en face et disparaissaient derrière moi dans des hurlements de klaxons, dont les notes se tarissaient ensuite comme un orgue de Barbarie fatigué.

Je pris à droite. M'engageai dans des rues plus calmes. Moins de lumière. Moins de circulation. L'obscurité se faisait. Puis ce fut le noir complet.

J'avais dû m'évanouir et sortir de la route. Pas vite, je m'étais cogné le front dans le pare-brise, mais il n'y avait pas de marque, ni sur la vitre ni sur mon front. Et le lampadaire dans lequel avait buté la calandre n'était même pas tordu. Mais le moteur s'était éteint. Je tournai la clef de contact dans les deux sens, il grognait avec un enthousiasme décroissant. Je pus ouvrir la portière et ramper dehors. Restai sur les genoux et les coudes comme un mahométan en prière, avec la neige fraîche qui me brûlait les paumes. Je les rassemblai, essayai de collecter la poudreuse. Seulement, c'est ça le truc, avec la poudreuse. Elle est blanche et belle, mais il est difficile d'en faire quelque chose de permanent. Elle promet beaucoup, mais en dernier ressort ce que vous essayez de fabriquer s'effondre, s'effrite entre vos doigts. Je levai les yeux, regardai autour de moi et vis où j'avais roulé.

Je titubai de la voiture à la vitrine. Appuyai le visage contre le verre, délicieusement froid sur mon front brûlant. À l'intérieur, les rayons et comptoirs reposaient dans une pénombre iridescente. J'arrivais trop tard, le magasin était fermé. Bien sûr qu'il était fermé, on était en pleine nuit. Il y avait même un mot sur la porte indiquant qu'ils avaient fermé encore plus tôt que d'habitude. *Fermeture à 17 h 30 le 23 décembre pour cause d'inventaire.*

Inventaire. L'heure était sans doute à cela.

Au coin, après le petit cortège de chariots, se trouvait un sapin de Noël, petit et vilain. Mais il revendiquait son titre, c'était un sapin de Noël, ça aussi.

Je ne sais pas pourquoi j'étais venu ici. J'aurais pu aller à la pension de famille, y prendre une chambre. Juste en face de chez celui que nous venions d'expédier. Et de chez celle qui m'avait expédié moi. Personne n'aurait l'idée de venir me chercher là. J'avais assez d'argent pour deux nuits. Je pouvais appeler le Pêcheur demain et demander à ce que le solde soit transféré sur mon compte bancaire.

Je m'entendis rire.

Sentis une larme chaude rouler sur ma joue, la vis tomber, s'enfoncer dans la neige fraîche.

Puis une autre. Elle se contenta de disparaître.

J'aperçus mon genou. Le sang perlait du tissu du pantalon et descendait comme des scories, se déposait sur la neige avec de la glaire, comme du blanc d'œuf. Je voulais qu'il disparaisse. Fonde, s'enfonce et disparaisse comme les larmes. Mais il restait, rouge et tremblotant. Je sentais mes cheveux pleins de sueur se coller au verre de la vitrine. Il est peut-être un peu tard pour le mentionner, mais au cas où je ne l'aurais pas dit, j'ai donc de longs cheveux blonds un peu épars, une barbe, et je suis de taille moyenne avec les yeux bleus. Et voilà en fait comme je suis. C'est un avantage d'avoir une certaine longueur de cheveux et de la barbe dans l'éventualité où une expédition compterait trop de témoins, vous avez ainsi le potentiel de changer rapidement de physique. Et c'était ce potentiel de métamorphose rapide que je sentais maintenant se figer sur la vitre, s'enraciner dedans, comme une créature de ce foutu récif corallien à propos duquel je rabâche sans cesse.

Voilà. J'allais faire un avec cette vitrine maintenant, devenir verre, exactement comme dans *Le Règne animal 5 : L'océan* où les invertébrés que sont les cnidaires *deviennent* le récif corallien sur lequel ils vivent. Et demain je pourrais regarder Maria, la regarder toute la journée sans qu'elle me voie. Lui chuchoter les mots que je voulais. Les crier, les chanter. Disparaître, c'était la seule chose que je souhaitais maintenant, peut-être la seule chose que j'eusse jamais souhaitée. Disparaître, comme maman qui se faisait invisible en buvant de l'alcool blanc. Le frictionnait en elle jusqu'à ce qu'il la ronge. Où était-elle maintenant ? Je ne m'en souvenais plus. Ne m'en étais pas souvenu depuis longtemps. C'était curieux, je pouvais dire où était mon père, mais celle qui m'avait donné la vie, maintenu en vie, où était-elle donc ? Était-elle véritablement morte et enterrée au cimetière de Ris ? Ou se trouvait-elle encore là, dehors, quelque part ? Je le savais pourtant, la question était juste de m'en souvenir.

Je fermai les yeux et appuyai la tête sur la vitre. Me détendis complètement. Si fatigué. J'allais bientôt m'en souvenir. Bientôt.

L'obscurité se fit. La grande obscurité. Déplia une immense cape noire et vint vers moi pour me prendre en son sein.

C'était si silencieux que je pus entendre le doux déclic aussi distinctement que si la porte s'était trouvée à côté de moi. Puis j'entendis approcher les pas, ces pas familiers, claudicants. Je n'ouvris pas les yeux. Les pas s'arrêtèrent.

« Olav. »

Je ne répondis pas.

Elle s'approcha. Je sentis une main sur mon avant-bras. « Que. Fais. Tu. Ici. »

J'ouvris les yeux. Regardai fixement la vitre, vis son reflet, elle était debout derrière moi.

J'ouvris la bouche, mais ne parvins pas à parler.

« Tu. Saignes. »

J'acquiesçai. Comment pouvait-elle être là, au beau milieu de la nuit ?

Bien sûr.

Inventaire.

« Ta. Voiture. »

Je formai ma bouche et ma langue en un « oui », mais il n'en sortait tout bonnement aucun son.

Elle fit un signe de tête, comme pour indiquer qu'elle comprenait, leva mon bras et le passa autour de son épaule.

« Viens. »

Je boitai vers la voiture en m'appuyant sur elle, sur Maria. Chose étrange, je ne sentais pas sa claudication à elle, qui avait comme disparu. Elle m'installa sur le siège passager et fit le tour jusqu'au siège du conducteur, où la portière était toujours ouverte. Elle se pencha au-dessus de moi et déchira la cuisse du pantalon, qui craqua sans un bruit. Puis elle sortit une bouteille de son sac, dévissa le bouchon et versa de l'eau minérale sur ma cuisse.

« Balle ? »

Je fis un signe de tête et baissai les yeux. Ce n'était plus douloureux, mais le trou avait l'air de la gueule mouillée d'un poisson qui suffoquait. Maria avait ôté son écharpe et me pria de lever la cuisse. Puis elle serra l'écharpe autour, fort.

« Garde. Les. Doigts. Là. Et. Ferme. La. Plaie. »

Elle tourna la clef, qui était toujours dans le contact. La voiture démarra dans un grondement doux, bienveillant. Elle passa la marche arrière et nous décolla du lampadaire. Tourna sur la route et roula.

« Mon. Oncle. Est. Chirurgien. Marcel. Myriel. »

Myriel. C'était aussi le nom de famille du junkie. Comment elle et lui pouvaient-ils avoir un oncle ayant le même…

« Pas. À. L'hôpital. » Elle me regarda. « Chez. Moi. »

Je posai la tête sur l'appuie-tête. Elle ne parlait pas comme une sourde-muette. C'était bizarre et saccadé, mais pas comme quelqu'un qui ne pouvait pas parler, plutôt comme…

« Française, dit-elle. Désolée. Mais. Je. N'aime. Pas. Parler. Le. Norvégien. » Elle eut un petit rire. « Je. Préfère. Écrire. L'ai. Toujours. Fait. Quand. J'étais. Petite. Je. Ne. Faisais. Que. Lire. Tu. Aimes. Lire. Olav. »

Une voiture de police nous croisa avec son gyrophare en rotation lente sur le toit. Je la vis disparaître dans mon rétroviseur. S'ils étaient à la recherche d'une Volvo, ils devaient être inattentifs. Peut-être était-ce autre chose.

Son frère. Le junkie avait été son frère, pas son petit ami. Son petit frère, vraisemblablement, c'est pour cela qu'elle avait été disposée à tout sacrifier pour lui. Mais pourquoi le chirurgien, leur oncle, n'avait-il pas pu les aider à l'époque, pourquoi avait-elle dû… Assez, maintenant. J'apprendrais le reste et comprendrais la logique des choses plus tard. Mais là, elle avait monté le chauffage et la chaleur me rendait si somnolent que je devais me concentrer pour ne pas partir à la dérive.

« Je. Crois. Que. Tu. Lis. Olav. Parce. Que. Tu. Es. Comme. Un. Poète. C'est. Si. Beau. Ce. Que. Tu. Dis. Quand. Nous. Sommes. Sous. La. Terre. »

Sous la terre ?

Mes paupières se refermèrent tandis que je comprenais peu à peu. Dans le T-bane. Elle avait entendu tout ce que j'avais dit.

Tous ces après-midi dans le T-bane, quand je la croyais sourde, elle n'avait fait que me laisser parler. Jour après jour, juste fait semblant de ne pas m'entendre ni me voir. Comme un jeu. C'est pour cela qu'elle avait voulu me prendre la main dans l'épicerie, elle croyait savoir que je l'aimais. Que cette boîte de chocolats était le signal que j'étais enfin prêt à franchir le pas du fantasme à la réalité. Se pouvait-il qu'il en fût ainsi ? Pouvais-je vraiment avoir été aveugle au point de la croire sourde-muette ? Ou l'avais-je tout le temps vu, avais-je juste nié ce qu'en réalité je savais ?

Se pouvait-il que j'aie été en route pour ici, en route pour Maria Myriel depuis le début ?

« Mon. Oncle. Pourra. Sûrement. Venir. Cette. Nuit. Et. Si. Ça. Te. Va. On. Mangera. Français.

Demain. De. L'oie. Un. Peu. Tard. Après. La. Messe. De. Noël. »

Je plongeai la main dans ma poche intérieure, trouvai l'enveloppe. La lui tendis, paupières toujours closes. La sentis prendre l'enveloppe, se ranger sur le côté, s'arrêter. J'étais si fatigué, si fatigué.

Elle commença à lire.

Lire les mots que j'avais saignés sur la feuille, que j'avais brisés et reconstruits pour que les bonnes lettres soient au bon endroit.

Et ils ne semblaient absolument pas morts. Au contraire, ils étaient vivants. Et vrais. Si vrais que *je t'aime* résonnait comme la seule chose qui pût être dite. Si vivants que tous ceux qui les entendaient devaient forcément pouvoir le voir, l'homme qui écrivait sur la fille qu'il allait trouver tous les jours, celle qui était vendeuse dans une épicerie et qu'il aimait, mais qu'il aurait voulu ne pas aimer, car il ne voulait pas aimer quelqu'un qui était exactement comme lui, imparfait, avec des vices et des défauts, elle aussi une esclave de l'amour pleine d'abnégation, pathétique, qui lisait docilement sur les lèvres, mais ne parlait jamais elle-même, qui se soumettait et y trouvait sa récompense. Et pourtant : jamais il ne parviendrait à ne pas l'aimer. Elle était tout ce qu'il aurait voulu ne pas vouloir. Elle était son avilissement. Et ce qu'il connaissait de meilleur, de plus humain et de plus beau.

À part ça, je ne sais pas grand-chose, Maria. Juste deux choses, en fait. L'une est que je ne sais pas comment je pourrais rendre quelqu'un comme toi heureux, parce que je suis quelqu'un qui détruit, pas quelqu'un qui crée de la vie et du sens. La deuxième chose que je sais, c'est que je t'aime, Maria. Et c'est pour cela que je ne suis jamais venu à ce dîner. Olav.

J'entendais les pleurs dans sa voix quand elle lut les dernières phrases.

Nous restâmes dans le silence, même les sirènes de police s'étaient tues. Elle renifla. Puis elle parla.

« Tu. M'as. Rendue. Heureuse. Là. Olav. Ceci. Suffit. Tu. Ne. Le. Comprends. Pas. »

J'acquiesçai et inspirai profondément. Pensai je peux mourir maintenant, maman. Car je n'ai plus besoin d'inventer. Je n'arriverai pas à rendre ce récit meilleur.

21

Malgré le froid glacial, il neigea toute la nuit, et quand les premiers à se lever dans l'obscurité matinale regardèrent Oslo, la ville s'était recouverte d'un moelleux duvet blanc. Les voitures roulaient au pas en suivant les traces dans la neige, et les gens se coulaient en souriant sur les plaques de verglas des trottoirs, car personne n'était pressé, c'était la veille de Noël, la fête de la paix et de la réflexion.

À la radio, on parlait de records de froid, de temps polaires, et à la poissonnerie de Youngstorget on emballait les derniers kilos de morue en chantant « Joyeux Noël » avec la singulière musicalité du norvégien qui, quel que soit le message, a des résonances gaies et rieuses.

Le ruban de la police se trouvait toujours devant l'église de Ris alors que, à l'intérieur, le pasteur discutait avec la police de la question de savoir comment assurer le service de Noël quand les gens se presseraient cet après-midi.

Au Rikshospital, dans le centre d'Oslo, le chirurgien sortit directement du bloc opératoire où se trouvait la fillette, ôta ses gants et se dirigea vers les deux femmes qui étaient assises dans le couloir. Vit que la peur et le désespoir ne faiblissaient pas dans ces visages figés, et comprit qu'il avait oublié de baisser son masque pour leur laisser voir son sourire.

Maria Myriel sortit du T-bane et remonta vers l'épicerie. La journée de travail allait être courte aujourd'hui, avec la fermeture à deux heures. Puis ce serait le réveillon de Noël. Le réveillon de Noël !

Elle chantait une chanson en elle-même. Une chanson sur le fait qu'elle allait le revoir. Qu'elle *savait* qu'elle le reverrait. Elle l'avait su depuis le jour où il était venu l'enlever de… de tout ce à quoi elle ne voulait plus penser. Les gentils yeux bleus sous ses longs cheveux blonds. Les lèvres fines, droites sous sa barbe dense. Et ses mains. C'était ce qu'elle regardait le plus. Elle plus que d'autres, ce n'était que naturel. C'étaient les mains d'un homme, mais soignées. Surdimensionnées et un peu carrées, comme celles des héros ouvriers que représentaient les sculpteurs. Mais c'étaient des mains qui, s'imaginait-elle, pourraient la caresser, la tenir, la réconforter. Tout comme ses mains à elle le feraient avec lui. Il lui arrivait parfois de prendre peur quand elle sentait la puissance de son propre amour. Il était tel un barrage au bord de la rupture, et elle savait qu'entre baigner et noyer quelqu'un dans l'amour, la différence pouvait être infime. Mais ce point précis ne lui faisait pas peur, maintenant. Car il paraissait apte à recevoir, pas seulement à donner.

Elle pouvait voir que des gens s'étaient rassemblés devant le magasin. Et qu'il y avait une voiture de police. Y avait-il eu un cambriolage ?

Non, juste une collision, manifestement. Une voiture était encastrée dans un lampadaire.

Mais en approchant, elle vit que les gens semblaient se préoccuper davantage de la vitrine que de la voiture, peut-être y avait-il donc eu cambriolage quand même. Un policier sortit de la foule, rejoignit la voiture de police et tira le micro de la radio. Elle lisait sur ses lèvres. « Mort », « blessure par balle », « la bonne Volvo ».

Et à présent un autre policier faisait des signes et ordonnait aux gens de s'éloigner, et quand ils s'éloignèrent, elle aperçut une silhouette. Elle crut d'abord à un bonhomme de neige. Mais comprit ensuite que c'était parce qu'il était recouvert de neige, que c'était un homme qui était appuyé contre la vitrine. Il était maintenu debout par ses longs cheveux blonds et sa barbe qui s'étaient figés dans le givre de la vitre. Elle ne voulait pas, mais approcha malgré tout. Le policier lui dit quelque chose, et elle pointa le doigt sur ses oreilles et sa bouche. Puis sur le magasin et leur présenta la carte d'identité avec son nom. Elle s'était parfois dit qu'elle allait reprendre celui de Maria Olsen, mais elle avait aussi songé que la seule chose qu'il lui avait laissée, en dehors d'une bague bon marché et de sa dette de drogue, était un nom français aux consonances un peu plus palpitantes qu'Olsen.

Le policier fit un signe de tête et indiqua qu'elle pouvait ouvrir le magasin, mais elle resta immobile.

En elle, le chant de Noël s'était tu.

Elle le dévisagea. On aurait dit qu'il s'était doté d'une mince peau de glace, sous laquelle couraient de fins vaisseaux bleus. Comme un bonhomme de neige qui aurait aspiré du sang. Sous ses cils recouverts de givre, le regard vitreux était braqué sur l'intérieur du magasin. Braqué sur la place où elle serait bientôt assise. Assise à taper les prix des marchandises sur la caisse enregistreuse. À sourire aux clients, s'imaginer qui ils étaient, quel genre de vie ils menaient. Et plus tard, ce soir, elle dégusterait les chocolats qu'elle avait reçus de sa part.

Le policier glissa une main dans le manteau, en tira un portefeuille, l'ouvrit, prit un permis de conduire vert. Ce n'était toutefois pas ce sur quoi Maria avait fixé son regard. Qui était l'enveloppe jaune tombée du portefeuille, dans la neige. L'écriture était soignée, belle, presque féminine.

Pour Maria.

Muni du permis de conduire, le policier rejoignit à grands pas la voiture de police. Maria se pencha, ramassa l'enveloppe. La glissa dans sa poche. Nul ne semblait l'avoir vue. Elle regarda l'endroit où l'enveloppe venait de se trouver. La neige et le sang. Si blanche. Si rouge. D'une beauté si singulière. Comme un manteau royal.

DU MÊME AUTEUR

Chez Gaïa Éditions

RUE SANS-SOUCI, 2005, Folio Policier n° 480.

ROUGE-GORGE, 2004, Folio Policier n° 450.

LES CAFARDS, 2003, Folio Policier n° 418.

L'HOMME CHAUVE-SOURIS, 2003, Folio Policier n° 366.

Aux Éditions Gallimard

Dans la Série Noire

SOLEIL DE NUIT, 2016.

LE FILS, 2015.

DU SANG SUR LA GLACE, I, 2015, Folio Policier n° 793.

POLICE, 2014, Folio Policier n° 762.

FANTÔME, 2013, Folio Policier n° 741.

LE LÉOPARD, 2011, Folio Policier n° 659.

CHASSEURS DE TÊTES, 2009, Folio Policier n° 608.

LE BONHOMME DE NEIGE, 2008, Folio Policier n° 575.

LE SAUVEUR, 2007, Folio Policier n° 552.

L'ÉTOILE DU DIABLE, 2006, Folio Policier n° 527.

Dans la collection Folio Policier

L'INSPECTEUR HARRY HOLE. L'intégrale, 1 : L'homme chauve-souris – Les cafards, n° 770.

Aux Éditions Bayard Jeunesse

LA POUDRE À PROUT DU PROFESSEUR SERAPHIN, vol. 1, 2009.

Composition: APS Chromostyle
Impression Novoprint
le 01 mars 2016
Dépôt légal : mars 2016

ISBN 978-2-07-046899-7/ Imprimé en Espagne.

295356